沈从文读库

凌宇 主编

散文卷 三

正当最好年龄

沈从文
著

CNS 湖南文艺出版社 VOL.9

图书在版编目（CIP）数据

正当最好年龄 / 沈从文著. -- 长沙：湖南文艺出版社，2024.3
（沈从文读库）
ISBN 978-7-5726-1454-5

Ⅰ. ①正… Ⅱ. ①沈… Ⅲ ①书信集－中国－现代
Ⅳ. ①I266.5

中国国家版本馆CIP数据核字（2023）第186692号

沈从文读库
正当最好年龄
ZHENGDANG ZUIHAO NIANLING

作　　者：沈从文
总 策 划：彭　玻
主　　编：凌　宇
执行主编：吴正锋　张　森
出 版 人：陈新文
监　　制：谭菁菁
统　　筹：徐小芳
责任编辑：刘茁松　刘　敏
书籍设计：萧睿子
插　　画：蔡　皋
排　　版：刘晓霞
校对统筹：黄　晓
印制总监：李　阔

出版发行：湖南文艺出版社
（长沙市雨花区东二环一段508号　邮编：410014）
印　　刷：湖南天闻新华印务有限公司
开　　本：880 mm × 1230 mm　1/32
印　　张：9
字　　数：157千字
版　　次：2024年3月第1版
印　　次：2024年3月第1次印刷
书　　号：ISBN 978-7-5726-1454-5
定　　价：46.00元
（如有印装质量问题，请直接与本社出版科联系调换）

沈从文读库·序

凌　宇

作为一代文学大师，沈从文在中国现代文学史上，具有举足轻重且无可替代的地位。早在20世纪30年代，沈从文即被鲁迅称为自“五四”新文学以来“最优秀的作家”之一，且被同时代作家视为“北京文坛的重镇”。尽管在1949至1979年间因“历史的误会”，他的文学作品遭遇了被冷漠、贬损，且几乎湮灭的运命，但自20世纪80年代以降，对沈从文及其文学成就的认识，就一直“行情上涨”，并迭经学术界关于沈从文是大家还是名家、是否文学大师之争，其文学史地位节节攀升。如今，随着研究的不断深入与拓展，沈从文已毫无疑问地成为现代文学史上不可绕过的重要存在。湖南文艺出版社拟出的这套《沈从文读库》，共12卷，涵盖沈从文的小说、散文、游记、自传、杂文、文论、诗歌以及书信等，全面展示了沈从文文学创作的丰富面貌。

沈从文的文学成就，首先在于他构筑了堪与福克纳笔下的“约克纳帕塔法”世系相媲美的湘西世界，并以此为原点，对神性——生命的最高层次进行诗性观照与哲性探索。20世纪20年代末至30年代中期，在《神巫之爱》《月下小景》这类浪漫传奇小说和《三三》《萧萧》等诸多乡村小说中，沈从文成功地构建起一个“神之存在，依然如故”的湘西世界。与之对照的，则是以《八骏图》为代表的都市题材作品中所展现的城里人的生存情状。以人性合理与否为基准，沈从文对城里人的生命状态进行批判，并因此将现代社会称作“神之解体”时代。然而，沈从文对人性的思考，并没有停留在“城里人—乡下人”的二元对立框架，在理性层面完成他的都市批判的同时，也完成着他对乡下人的现代生存方式的沉重反思。沈从文以湘西为题材创作的一个重要组成部分如《柏子》《会明》《虎雏》《丈夫》等，都是将乡下人安置在现代社会环境中叙述其命运的必然流程。在《边城》《萧萧》《湘行散记》等作品中，沈从文既保留了对乡下人近乎自然的生命形态的肯定，又立足于启蒙理性角度，书写了这一“不悖乎人性”的生命在现代社会的悲剧命运，一种浓重的乡土悲悯浸润在作品的字里行间。

不过，面对令人痛苦的现实，沈从文既没有如同废名式地从对人生的绝望走向厌世，也没有如同鲁迅式地走向决绝的反传统，他所寻觅的是存在于前现代文明中的具有人类共有价值的文化因子，并希望他笔下人物的正直与热情“保留些本质在年青人的血里或梦里”，以实现民族品德的重造。这一思考，在20世纪40年代达到顶点。面对大多数人重生活轻生命，重现实实利而从不“向远景凝眸”，在一切都被“市侩的人生观”推行之时，沈从文希冀来一次全面的“清洁运动”，用文字作工具，实现民族文化的经典重造。他不仅在抽象层面对生命与自然、美与爱、生与死等进行一系列哲性探寻——这导致他在这一时期创作了《烛虚》《水云》《七色魇》等大量哲思类散文；同时也在具象层面积极介入社会现实，对青年、家庭、战争、文学、政治等具体问题进行探讨——此期杂文和文论数量明显增多。他对生命的思考，也就由最初的湘西自然神性转入对普泛意义上的人类生命神性的探索。他以“美”与“爱”为核心，力图恢复被现代文明压抑的自然生命，在“神之解体”时代重构生命的理想之境，这在某种程度上也使得他的文学思想得以超越当时具体的历史境遇，而指向对民族未来乃至人类生存方式的终极关怀。

1949年后，沈从文将主要精力转入文物研究，但他的文学思考并未止步。他在清华园休养期间的“呓语狂言”，如《一个人的自白》《关于西南漆器及其他》等，是他对自我精神和思想的深入解剖，其风格近似20世纪40年代的抽象类散文。他与张兆和的不少信件，如其中对《史记》的言说，对四川乡村风物的叙述，对文学艺术的看法等，都可视作书信形式的散文。这些文字勾勒出沈从文试图改造自我以适应新社会，与坚守自我、守望生命本来之间矛盾复杂的思想轨迹，这一矛盾既表现在他的文学观上，也体现在他的人生观上。

时至21世纪，科技日新月异，人工智能时代已经到来，然而人类并没因此解决好自身的问题，相反，经历了新冠疫情并进入后疫情时代的人们陷入更大的生存困境。在科技发展到顶峰之时，人类又将何去何从？今天的人们同样面临着沈从文当年所面对的种种问题。而他的诸多思考，如对进入现代工业文明以来人类不断背离自我、背离自然的反思，对现代人“所得于物虽不少，所得于己实不多”的状态的审视，以及强调哲学对科学的补救、对历史作“有情”观照等，都具有一种独特的眼光和前瞻意识，对当下与未来的中国乃至世界依然具有重要的启示。

沈从文曾说，“在一切有生陆续失去意义，本身亦因死亡毫无意义时”，唯有文字能“使生命之光，煜煜照人，如烛如金”。他希冀借助文字的力量，“重新燃起年青人热情和信心”，让高尚的理想在“更年青的生命中发芽生根，郁郁青青”。经典从不过时，相信今天的人们仍能从他的作品中获得启发，有所会心，这也正是出版这套文库的目的所在。

目 录

情书偶录

迁客萍踪

北平狂语

川鄂梦话

谈艺来鸿

情书偶录

1930.07.09 致张兆和

兆和小姐：

从王处知道一点事情，我尊重你的“顽固”，此后再也不会做那使你“负疚”的事了。若果人皆能在顽固中过日子，我爱你你偏不爱我，也正是极好的一种事情。得到这知会时我并不十分难过，因为一切皆是当然的。很可惜的是若果你见到胡先生时，听到胡先生的话，或不免小小不怿，这真使我不安。我是并不想从胡先生或其他方面来挽救我的失败的。我也并不因为胡先生的鼓励就走所谓“极端”。我分上是惨败，我将拿着这东西去刻苦做人。我将用着这教训去好好的活，也更应当好好的去爱你。你用不着怜悯或同情，女人虽多这东西，可以送把其他的那一群去。我也不至于在你感觉上还像其人一样，保留着使你不痛快情形的。若是我还有可批评的地方，可怜处一定比愚蠢处为少，因此时我的顽固倒并不因为你的偏见而动摇。我希望一些未来的日子带我到另一个方向上去，太阳下发生的事，风或可以吹散。因爱你，我并不去打算我生活，在这些上面学点经验，我或者能在将来做一个比较强硬一点的人也未可知。我愿意你的幸福跟在你偏见背后，你的顽固即是你的幸福。

S. S. W.

九日

1930.07.09 **致张兆和**

兆和小姐：

感谢你的知会，由王处见到了。我所说分内的东西，就是爱你的完全失败，明白了，毫没有什么奇怪的。目下虽不免在人情上难过，有所苦痛，我希望我能学做一个男子，爱你却不再来麻烦你，也不必把我当成“他们”一群，来浪费你的同情了。互相在顽固中生存，我总是爱你你总是不爱我，能够这样也仍然是很好的事。我若快乐一点便可以使你不负疚，以后总是极力去学做个快乐人的。

一个知道一点事情的人，当他的爱转入无希望中去时，他是能够把口暗哑，不必再有所唠叨了的。关于我爱你使你这时总还无法了解的一切，另一时若果把偏见稍去，还愿意多明白一点时，我想王或不缺少机会同你提到。她不是“说客”，我也不是想靠王或胡先生来挽救什么，不过有些为文字所糟蹋的事实，朋友中却以客观原因，较容易解释得清楚一点罢了。女子怕做错事，男子却并不在已做过的错事上有所遁避，所以如果我爱你是你的不幸，你这不幸是同我生命一样长久的。

我愿意你的理知处置你永远在幸福中。

沈从文（让这名字带来的不快

即刻你就忘记了。）

十九年七月九日

1930.07.12 **致张兆和**[1]

我是只要单是这片面的倾心，不至于侮辱到你这完全的人中模型，我在爱你一天总是要认真生活一天，也极力免除你不安一天的。本来不能振作的我，为了这一点点爬进神坛磕头的乡下人可怜心情，我不能不在此后生活上奋斗了。

我要请你放心，不要以为我还在执迷中，做出使你不安的行为，或者在失意中，做出使你更不安的堕落行为。我在这事上并不为失败而伤心，诚如莫泊桑所说，爱不到人并不是失败，因为爱人并不因人的态度而有所变更方向，顽固的执着，不算失败的。

1. 此信只保存了张兆和在日记中摘录的片段。

其实，那是一时的事，我今天就好了，我不在那打击上玩味。

我并不是要人明白我为谁牺牲了什么的。……。我现在还并不缺少一种愚蠢想象，以为我将把自己来牺牲在爱你上面，永久单方面的倾心，还是很值得的。只要是爱你，应当牺牲的我总不辞，若是我发现我死去也是爱你，我用不着劝驾就死去了。或者你现在对这点只能感到男子的愚蠢可悯，但你到另一时，爱了谁，你就明白你也需要男子的蠢处，而且自己也不免去做那“不值得”牺牲的牺牲了。“日子”使你长成，“书本”使你聪敏，我想“自然”不会独吝惜对你这一点点人生神秘启示的机会。

每次见到你，我心上就发生一种哀愁，在感觉上总不免有全部生命奉献而无所取偿的奴性自觉，人格完全失去，自尊也消失无余。明明白白从此中得到是一种痛苦，却也极珍视这痛苦来源，我所谓“顽固”，也就是这无法解脱的宿命的粘恋。一个病人在窗边见到日光与虹，想保留它而不可能，却在窗上刻画一些记号，这愚笨而又可怜的行为，若能体会得出，则一个在你面前的人，写不出一封措辞恰当的信，也是自然的道理。我留到这里，在我眼中如虹如日的你，使我无从禁止自己倾心是当然的。我害怕我的不能节制的唠叨，以及别人的蜚语，会损害你的心境和平，所以我的离开这里，也仍然是我爱你，极力求这爱成为善意的设计。若果你觉得我这话是真实，我离开这里虽是痛苦，也学到要去快乐了。

你不要向我抱歉，也不必有所负疚，因为若果你觉得这是要你道歉的事，我爱你而你不爱我，影响到一切，那恐怕在你死去或我死去以前，你这道歉的一笔债是永远记在账上的。在人事上别的可以博爱，而爱情上自私或许可以存在。不要说现在不懂爱你才不爱我，也不要我爱，就是懂了爱的将来，你也还应当去爱你那所需要的或竟至伸手而得不到的人，才算是你尽了做人的权利。我现在是打算到你将来也不会要我爱的，不过这并不动摇我对你的倾心，所以我还是因这点点片面的倾心，去活着下来，且为着记到世界上有我永远倾心的人在，我一定要努力切实做个人的。

至于你，我希望你不为这些空事扰乱自己读书的向上计划，我愿意你好好的读书，莫仅仅以为在功课上对付得下出人头地就满意，你不妨想得远一点。一颗悬在天空的星子不能用手去摘，但因为要摘，你那手伸出去会长一点。我们已经知道的太少，而应当知道的又太多，学校方面是不能使我们伟大的，所以你的英文标准莫放在功课上，想法子跃进才行。一个聪明的人，得天所赋既多，就莫放弃这特别权利，用一切前人做足下石头，爬过前面去才是应当的行为。书本使我们多智慧，却不能使我们成为特殊的人，所以有时知道一切多一点也不是坏事，这是我劝你有功夫看别的各样书时也莫随便放过的意思。为了要知道多一点，所谓智慧的贪婪，学校一点点书是不够的，平常时间也不够的，平常心情也不济事的，好像要有一点不大安分的妄想，用力量去证实，这才是社会上有特殊天才、特殊学者的理由。依我想，且依我所见，如朱湘、陈通伯、胡先生，这几个使我敬重的人，都发愤得不近人情。我很恨我自己是从小就很放荡，又生长在特殊习惯的环境中，走的路不是中国在大学校安分念书学生所想象得到的麻烦，对于学问这一套，是永远门外汉了。可是处置自己生活的经验，且解释大家所说的“天才”意义，还是“不近人情”的努力。把自己在平凡中举起，靠“自己”比靠“时代”为多，在成绩上莫重视自己，在希望上莫轻视自己。我想再过几年，我当可以有机会坐在卑微可笑的地位上，看你向上腾举，为一切人所敬视的完人！我不是什么可尊敬的人，所以不教书于我实在也很有益，我是怕人尊敬的。可是不是一个好先生的我，因为生活教训得的多一点，很晓得要怎样来生活才是正当，且知道年青一点的，应当如何来向上，把气力管束到学问上那些理由，有些地方又还可以做个榜样看，所以除了过去那件事很胡涂，其余时节，其余事情，我想我的偏见你都承认一点也好。被人爱实在是麻烦，有时我也感觉到，因为那随了爱而来的真是一串吓人头昏的字眼同事情，可是若果被爱的理由，不仅是一点青春动人的丰姿，却是品德智力一切的超越与完美，依我打算，却不会因怕被更多人的倾心，就把自己位置在一个平庸流俗人中生活，不去求至高完美的。我愿意你存一点不大安分的妄想去读书，使这时看不起你的人也爱敬你，若果要我做先生，我是只能说这个话的。我是明知道把一切使人敬重的机会完全失去以后，譬如爱你，到明知道你嫁给别人以后，还将为一点无所依据的妄想，按到我自己所能尽的力量到社会里去爬，想爬得比一切人都高的。解释人生，这点比较恰当。

1931.06 致张兆和[1]

我行过许多地方的桥，看过许多次数的云，喝过许多种类的酒，却只爱过一个正当最好年龄的人。

××：

你们想一定很快要放假了。我请过×到××来看看你，我说："×，你去为我看看××，等于我自己见到了她，去时高兴一点，因为哥哥是以见到××为幸福的。"不知×来过没有？×大约秋天要到××女子大学学音乐，我预备秋天

1．本辑收的沈从文写给张兆和的四封情书，其中三封因为被张兆和在日记里抄录而保存。

这封信曾以《由达园给张兆和》为名发表而保存。其他最初的上百封信，存放在苏州，1937 年毁于战火。

到××去。这两个地方都不像上海，你们将来有机会时，很可以到各处去看看。××地方是非常好的，历史上为保留下一些有意义极美丽的东西，物质生活极低，人极和平，天气春天各处可放风筝，夏天多花，秋天有云，冬天刮风落雪，气候使人严肃，同时也使人平静。××毕了业若还要读几年书，倒是来××读书好。

你的戏不知已演过了没有？××倒好，许多大教授也演戏，还有从女大毕业的，到各处台上去唱昆曲，也不为人笑话。使戏子身分提高，××是和上海稍稍不同的。

听说×女士到过你们学校演讲，不知说了些什么话。我是同她顶熟的一个人，我想她也一定同我初次上台差不多，除了红脸不会有再好的印象留给学生。这真是无办法的，我即或写了一百本书，把世界上一切人的言语都能写到文章上去，写得极其生动，也不会作一次体面的讲话。说话一定有什么天才，×××是大家明白的一个人，说话嗓子宏亮，使人倾倒，不管他说的是什么空话废话。天才还是存在的。

我给你那本书，□□同□□都是我自己欢喜的，其中□□更保留到一个最好的记忆，因为那时我正在××，因爱你到要发狂的情形下，一面给你写信，一面却在苦恼中写了这样一篇文章。我照例是这样子，做得出很傻的事，也写得出很好的文章，一面胡涂处到使别人生气，一面清明处，却似乎比平时更适宜于作我自己的事。××，这时我来同你说这个，是当一个故事说到的，希望你不要因此感到难受。这是过去的事情，这些过去的事，等于我们那些死亡了最好的朋友，值得保留在记忆里，虽想到这些，使人也仍然十分惆怅，可是那已经成为过去了。这些随了岁月而消失的东西，都不能再在同样情形下再现了的。所以说，现在只有那一篇文章，代替我保留到一些生活的意义。这文章得到许多好评，我反而十分难过，任什么人皆不知道我为了什么原因，写出一篇这样文章，使一些下等人皆以一个完美的人格出现。

我近日来看到过一篇文章，说到似乎下面的话："每人都有一种奴隶的德性，故世界上才有首领这东西出现，给人尊敬崇拜。因这奴隶的德性，为每一人不可少的东西，所以不崇拜首领的人，也总得选择一种机会到低头另一种事上去。"××，我在你面前，这德性也显然存在的。为了尊敬你，使我看轻了我自己一切事业。我先是不知道我为什么这样无用，所以还只想自己应当有用一点，到后看到那篇文章，才明白，这奴隶的德性，原来是先天的。我们若都相信崇拜首领是一种人类自然行为，便不会再觉得崇拜女子有什么希奇难懂了。

你注意一下，不要让我这个话又伤害到你的心情，因为我不是在窘你做什么你所做不到的事情，我只在告诉你，一个爱你的人，如何不能忘你的理由。我希望说到这些时，我们都能够快乐一点，如同读一本书一样，仿佛与当前的你我都没有多少关系，却同时是一本很好的书。

我还要说，你那个奴隶，为了他自己，为了别人起见，也努力想脱离羁绊过。当然这事并不作到，因为不是一件容易事情。为了使你感到窘迫，使你觉得负疚，我以为很不好。我曾做过可笑的努力，极力去同另外一些人要好，到别人崇拜我的奴隶时，我才明白，我不是一个首领，用不着到别的女人用奴隶的心来服侍我，却愿意自己作奴隶，献上自己的心，给我所爱的人。我说我很顽固的爱你，这种话到现在还不能用别的话来代替的，就因为这是我的奴性。

××，我求你，以后许可我作我要作的事，凡是我要向你说什么时，你都能当我是一个比较愚蠢还并不讨厌的人，让我有一种机会，说出一些有奴性的卑屈的话，这点点是你容易办到的。你莫想，每一次我说到“我爱你”时你就觉得受窘，你也不用说“我偏不爱你”，作为抗拒别人对你的倾心。你那打算是小孩子的打算，到事实上却毫无用处的。有些人对天成日成夜说："我赞美你，上帝！"有些人又成日成夜对人世的王帝说："我赞美你，有权力的人！"你听到被称赞的"天"同"王帝"，以及常常被称赞的日头同月亮、好的花、精致的艺术，回答说"我偏不赞美你"的话没有？一切可称赞的，使人倾心的，都像天生就这个世界的主人，他们管领一切，统治一切，都看得极其自然，毫不勉强。一个好人当然也就有权力使人倾倒，使人移易哀乐，变更性情，而自己却生存到一个高高的王座上，不必作任何声明。凡是能用自己各方面的美，攫住别的人灵魂的，他就有无限威权，处治这些东西，他可以永远沉默，日头，云，花，这些例不可胜举。除了一只莺。他被人崇拜处，原是他的歌曲，不应当哑口外，其余被称赞的，大都是沉默的。××，你并不是一只莺。一个王帝，吃任何阔气东西他都觉得不够，总得臣子恭维，用恭维作为营养，他才适意，因为恭维不甚得体，所以他有时还在这个事上，发气骂人，充军流血。××，你不会像王帝。一个月亮可不是这样的。一个月亮不拘听到任何人赞美，不拘这赞美如何不得体，如何不恰当，它不拒绝这些从心中涌出的呼喊。××，你是我的月亮。你能听一个并不十分聪明的人，用各样声音，各样言语，向你说出各样的感想，而这感想却因为你的存在，如一个光明，照耀到我的生活里而起的，你不觉得这也是生存里一件有趣味的事吗？

“人生”原是一个宽泛的题目，但这上面说到的，也就是人生。

为帝王作颂的人，他用口舌“娱乐”到帝王，同时他也就“希望”到帝王。为月亮写诗的人，他从它照耀到身上的光明里，已就得到他所要的一切东西了。他是在感谢情形中而说话的，他感谢他能在某一时望到蓝天满月的一轮。××，我看你同月亮一样。……是的，我感谢我的幸运，仍常常为忧愁扼着，常常有苦恼。（我想到这个时，我不能说我写这个信时还快乐。）因为一年内我们可以看过无数次月亮，而且走到任何地方去，照到我们头上的，还是那个月亮。这个无私的月不单是各处皆照到，并且从我们很小到老还是同样照到的。至于你，“人事”的云翳，却阻拦到我的眼睛，我不能常常看到我的月亮！一个白日带走了一点青春，日子虽不能毁坏我印象里你所给我的光明，却慢慢的使我不同了。“一个女子在诗人的诗中，永远不会老去，但诗人，他自己却老去了。”我想到这些，我十分忧郁了。生命都是太脆薄的一种东西，并不比一株花更经得住年月风雨，用对自然倾心的眼，反观人生，使我不能不觉得热情的可珍，而看重人与人凑巧的藤葛。在同一人事上，第二次的凑巧是不会有的。我生平只看过一回满月。我也安慰自己过，我说："我行过许多地方的桥，看过许多次数的云，喝过许多种类的酒，却只爱过一个正当最好年龄的人。我应当为自己庆幸……"这样安慰到自己也还是毫无用处，为"人生的飘忽"这类感觉，我不能够忍受这件事来强作欢笑了。我的月亮就只在回忆里光明全圆，这悲哀，自然不是你用得着负疚的，因为并不是由于你爱不爱我。

仿佛有些方面是一个透明了人事的我，反而时时为这人生现象所苦，这无办法处，也是使我只想说明却反而窘了你的理由。

××，我希望这个信不是窘你的信。我把你当成我的神，敬重你，同时也要在一些方便上，诉说到即或是真神也很胡涂的心情，你高兴，你注意听一下，不高兴，不要那么注意吧。天下原有许多希奇事情，我××××十年，都缺少能力解释到它，也不能用任何方法说明，譬如想到所爱的一个人的时候，血就流走得快了许多，全身就发热作寒，听到旁人提到这人的名字，就似乎又十分害怕，又十分快乐。究竟为什么原因，任何书上提到的都说不清楚，然而任何书上也总时常提到。"爱"解作一种病的名称，是一个法国心理学者的发明，那病的现象，大致就是上述所及的。

你还是没有害过这种病的人，所以你不知道它如何厉害。有些人永远不害这种病，正如有些人永远不患麻疹伤寒，所以还不大相信受伤寒病时使人发狂的事情。××，你能不害这种病，同时不理解别人这种病，也真是一种幸福。因为这病是与童心成为仇敌的，我愿意你是一个小孩子，真不必明白这些事。不过你却可以明白另一个爱你而害着这难受的病的痛苦的人，在任何情形下，却总想不到是要窘你的。我现在，并且也没有什么痛苦了，我很安静，我似乎为爱你而活着的，故只想怎么样好好的来生活。假使当真时间一晃就是十年，你那时或者还是眼前一样，或者已做了国立大学的英文教授，或者自己不再是小孩子，倒已成了许多小孩子的母亲，我们见到时，那真是有意思的事。任何一个作品上，以及任何一个世界名作作者的传记上，最动人的一章，总是那人与人纠纷藤葛的一章。许多诗是专为这点热情的指使而写出的，许多动人的诗，所写的就是这些事。我们能欣赏那些东西，为那些东西而感动，却照例轻视到自己，以及别人因受自己所影响而发生传奇的行为，这个事好像不大公平。因为这个理由，天将不许你长是小孩子。“自然”使苹果由青而黄，也一定使你在适当的时间里，转成一个

“大人”。××，到你觉得你已经不是小孩子，愿意作大人时，我倒极希望知道你那时在什么地方做些什么事，有些什么感想。“萑苇”是易折的，“磐石”是难动的，我的生命等于“萑苇”，爱你的心希望它能如“磐石”。

望到××高空明蓝的天，使人只想下跪，你给我的影响恰如这天空，距离得那么远，我日里望着，晚上做梦，总梦到生着翅膀，向上飞举。向上飞去，便看到许多星子，都成为你的眼睛了。

××，莫生我的气，许我在梦里，用嘴吻你的脚。我的自卑处，是觉得如一个奴隶蹲到地下用嘴接近你的脚，也近于十分亵渎了你的。

我念到我自己所写到“萑苇”是易折的，“磐石”是难动的……时候，我很悲哀。易折的萑苇，一生中，每当一次风吹过时，皆低下头去，然而风过后，便又重新立起了。只有你使它永远折伏，永远不再作立起的希望。

××××

二十年六月

1937.12.14 致沈从文

十二月十四日晨一时三十五分

碧：

这几天天气太好，太阳照人温暖如小春时分，天气好得简直叫人生气。夜来一片月色，照在西窗上清辉适人。十二点，我起来给小弟弟吃一遍奶，吃完奶又把他身底下湿片换了。小东西像是懂得舒服似的，睁大了一双黑眼憨憨的笑，过后又把一只大拇指插进口中，呓呓唔唔人于半眠状态中了。小龙现在白天不睡，身上既不痒，晚间睡得沉熟，开灯轻易不会醒来。睡得红红的小脸，下部较你在时丰腴得多，头发三个月未剪，已过耳齐眉，闭着眼，蜷着身子，两只膀子总是放在被外边，身上放散着孩子特有的温香。我捏熄了灯，可是想到你白天来的两封挂号信，想这样，想那样，许久不能成寐。这几天我想的可太多了。种种不容人只图眼前安逸，不把眼光放射得远一点。我觉得我们以前的生活方式是一种错误，太舒服了，不是中国人的境遇所许可的。一次战争，一回淘汰，一种实验，死的整千整万的死去，活着的却与灾难和厄运同在，你所说的“怎样才配活下去?”正是我想了又想的。我脑筋十分清晰，可是心难免有点乱。我不知道你此时是否在武昌，抑或已同那一群不同姓氏却同患难的亲友，经过若干风涛险滩，到了你故乡那个小乡城了。我觉得故乡虽好，却不能久呆，暂时避难则可，欲图谋个人事业发展，故乡往往是最能陷人的。杨先生事情多，恐怕也不能隐身到内地去。杨家姐弟若无处可住，你把他们安插到辰州倒好。小五弟若能回家，顶好是让他同家里人在一起；家乡不能去，你就带着他跑吧。至于我这里，你可以完全放心，不论你走多远，我同孩子总贴着你极近。前一礼拜挂号寄出孩子相片多张，不知你是否可以得到。希望你常常想念着我们。苏州家屋毁于炮火，正是千万人同遭命运，无话可说。我可惜的是爸爸祖传下的许多书籍，此后购置齐备不可能了。至于我们的东西，衣物瓷器不足惜，有两件东西毁了是叫我非常难过的。一是大大的相片，一是婚前你给我的信札，包括第一封你亲手交给我的到住在北京公寓为止的全部，即所谓的情书也者，那些信是我俩生活最有意义的记载，也是将来数百年后人家研究你最好的史料，多美丽，多精彩，多凄凉，多丰富的情感生活记录，一下子全完了，全沦为灰烬！多么无可挽救的损失啊！我唯一的希望是大姐回乡时会收检一下我的东西，看是否有重要的应当带走，因而我们的信件由此得救，可是你来信却说大姐他们走时连衣物都未及带，我的东西当然更顾不到了。我现在的唯一希望是我们的房子能幸免于难，即或房子毁了，东西不至于全部烧毁，如有好事的窃贼，在破砖碎瓦中发现这些宝贝，马上保存起来，将来庶几可以同它们见面，我希望如此。为这些东西的毁去我非常难过，因为这是不可再得的，我们的青春，哀乐，统统在里面，不能第二次再来的！我懊悔前年不该无缘无故跑苏州那么一趟，当时以为可以带了它们到苏州避难，临回北方来时又以为苏州比北京安全，又不曾带来，又不曾交把大姐或一个别人，就只一包一包扎好放在那个大铁箱子里。铁箱既无钥匙留下，她们绝不会打开看看，真是命运！

杨家姐弟到底到了没有？我挂念得很！

你那边来的信件十有九被检查，此去信件不知也被检否？请你注意一下，我的信是否按次能收到？复我。

信得后，无论你在哪里，可写信请八姐寄一百元给你，因前天已付王正仪百元。如已得，就不必提了。

祝安好

叔文

1930.07.10　胡适致沈从文

从文兄：

张女士前天来过了。她说的话和你所知道的大致相同。我对她说的话，也没有什么勉强她的意思。

我的观察是，这个女子不能了解你，更不能了解你的爱，你错用情了。

我那天说过“爱情不过是人生的一件事（说爱是人生唯一的事，乃是妄人之言），我们要经得起成功，更要经得起失败”。你千万要挣扎，不要让一个小女子夸口说她曾碎了沈从文的心。

我看你给她的信中有“把我当成‘他们’一群”的话。此话使我感慨。那天我劝她不妨和你通信，她说“若对个个人都这样办，我一天还有功夫读书吗？”我听了怃然。

此人年太轻，生活经验太少，故把一切对她表示爱情的人都看作“他们”一类，故能拒人自喜。你也不过是“个个人”之一个而已。

暑期校事，你已允许凌先生，不要使他太为难，最好能把这六星期教完了。

有别的机会时，我当代为留意。

给她的信，我不知她的住址，故仍还你。

你若知道她的住址，请告我，我也许写一封信给她。

有什么困苦，请告我。新月款我当代转知。

适之

十九，七，十夜

1933.05.04 **沈从文致胡适**

适之先生：

大雨回青岛时，谈到您要我作个《阿丽思中国游记》的提要，这书印时校得太疏忽了些，有很多地方读不下去，若果书须寄过外国，我想最好还是把我这边两本校正过的寄去，似乎像样子些。虽篇章之间，涂得很乱，但既为作者亲自校正的，想来并不碍事。请您告我一声，看是不是寄改正的较好。若不必寄改正的，我就不再寄那两本书来。

多久不给您写信，好像有些不好意思似的，因为我已经订了婚。人就是在中公读书那个张家女孩子，近来也在这边作点小事，两人每次谈到过去一些日子的事情时，总觉得应当感谢的是适之先生："若不是那么一个校长，怎么会请到一个那么蹩脚的先生？"在这里生活倒很好，八月七月也许还得过北平，因为在这边学校教书，读书太少，我总觉得十分惭愧，恐怕对不起学生。只希望简简单单过一阵日子，好好的来读一些书。书读得好一点，再教书也像样一点。不过北京若不能住下去，那就又只好过上海打发日子去了。我们希望的是北京不会打仗，能够蹲得住。

从文　敬上　五月四日

迁客萍踪

1937.09.09　致沈从文

孟实已接四川大学聘，现已兼程赴川了。徽因已去天津。二、四弟及姜国芬王树藏均返回，姜现住萧处。

二哥：

今天是什么日子？你在仆仆风尘中，不知还记得这个日子否。早晨下了极大的雨，雷击震耳惊人，我哄着小弟弟，看到外面廊下积水成湖，猛的想到九月九日，心里转觉凄凉。自你走后，日子过得像慢又像快，不知不觉已经快一个月了。自从接到你廿七日南京来信后，三日未得书，计算日程，当已过武汉到长沙了。沿途各地寄来信件，约二十五封以上，按月日视之，似未有遗失，惟次第略有颠倒而已。天津我曾发去五信，因你们住处再三迁移，致前四信均落于不可知中，只末一信由陶太太寄回。你天津来信，需时三日，烟台五六日，济南一星期以上，南京十日，武昌的信尚未得，你一天比一天离得我们远，此后长沙来信，当在半月以上了。长沙之行，不知杨先生仍同阵否？你们工作，一时恐难进行，若一时无事可作，你回沅陵住一阵也好。你走以后，叔华、萧乾、健吾各有信来问及我们的平安，颇以我们的安危为虑，各处我已一一作复。健吾新搬了住处，在法界巨赖达路大兴里十七号；夏云亦有电来，住衡阳仙姬巷廿二号，你当各为他们去一信。真一处我亦去了信，沪平通信，需时一月半月不等，常常后发的先到，先发的反后到。我们苏州全家具已返肥，如此可以免去我一头挂虑。如寄信给大姐或爸爸，可写合肥龙门巷张公馆，二姐全家似亦在肥。我们这里一切都好，储米可吃到年底。现在我们已实行节食俭用，若能长此节省，余款亦可以支持过旧历年。生活版税三十九元已寄到，你不必写信去要，昨天常风又送来你评《小树叶》稿费十五元，还有祖春、长荣、老四稿费均在我处。祖春、长荣俱于上月离平，说是先到济南再定行止。长荣临行时来借去十元，戴七兄亦借去十元，他们身边只有限的几个钱。他们走后钱倒来了，这钱我无法寄出，只有暂时代为保存。我们在家平常深居简出，北平市面比一月以前更形萧条，人晚夜静，枪声时有所闻，城内尚安，奇怪的是西长安街的两大戏院却常常是满座。刘先生父女极爱听戏，他们同杨小姐去听过两次。杨先生来信，至今未提及家中人与物的安置，杨弟弟不日去燕大，杨小姐可以与我同住三叔家，困难的是书画家具无处存放，杨小姐因此层困难，又舍不得这院落，想请刘先生父女与她同住厢房，上房找熟人来住，今天就由郑先生带来某先生，惜乎这位先生娶的是位友邦的太太，我们觉得这件事得待考虑。事实上刘先生若艺专不开学，即刻就想回蓬莱的，最多只能在此住一二月。若一二月以后他们仍旧得回去，倒不如一劳永逸，此时就有个决定的好。刘先生建议杨小姐同他回去，杨小姐因感家乡匪多不愿回。事实上此时路上比你们走时更难，天津不好走，女眷尤甚。又想找几间房子叫翟明德看东西，她自己同我住，又怕长此下去费用太多，想来想去累在这些家家伙伙上面，因为杨先生临行时没有吩咐，杨小姐不知应如何处置，杨先生若与你同在，请你问一声回个信。有个你的同乡叫杨沛芸（又叫秀钧）的，来信问及熊秉公地址，此人亦在宣城。万孚的弟弟朱亦有信给你，问你可曾看见他在《晨报》上对你文章的批评。家中可不必惦念，小龙瘦而精神，问及爸爸时，总说："爸爸到上海替我买大汽车，买可可糖。"虎雏十分壮健，驯白爱人，"遥怜小儿女，未解忆长安”，他们哥儿俩你不必挂念了。有信望寄三叔家，搬不搬寄到那里总收得到。望你保重。

三妹

九月九日

整整四年了

1937.10.25 **复沈从文**

武昌十三

二哥：

昨晚得你快信，今天上午接杨先生由石坦安转来一信，仍有希望我们南来的话。梁先生梁太太已不打算南下，樊先生已到，今天杨小姐同我商量，是否应同他一起走。前几天只听到这里炸那里炸，好像随便走到哪里，随时都会有炸弹从头上掉来，因此大家已决定不走。这几天仿佛情形又转好一点，虽说樊先生是由广东来的，但此去听说拟由济南走。我仍然不打算走。我好像算定这场战事不久就会了结，非常乐观，我希望到明年春暖以后，再从从容容的上路，或者欢迎你们北来。杨小姐也不想走，但要等杨起决定，因为他读书问题在首要。他们若走，为时一定很匆忙，他们不走，汪也会把杨先生的衣物送到珞珈山来。我捡了一下箱子，也想请他为你带点衣服来，捡来捡去，你实在没有什么衣服。一件衬绒，一件驼绒，一条厚呢裤，若不付邮，此时由他带来，或者还可以赶得及穿。家里只剩下一件丝棉袍、一件厚驼绒袍了，而且脏的脏，破的破，实在见不得人。我本想给你换过面子的，一来舍不得钱，二来时间来不及，送到时你自己换吧。汪同樊先生同行，大概是什么书也带不了的，你要的《小寨》与《神巫之爱》我怕遗失，暂时不寄。教科书已托正仪请人由天津寄出，不知能否收到。包裹第一次九月十五寄出，第二次十月八日，若不能得到，实在可惜，因里面有你心爱的那块缎子。听卓先生说，他们寄上海的包裹，居然可以收到，但为时亦在两月，也许你不久也就可以收到。大姐寄的钱既收到，应先还给之琳，我在这里收了他百二十元。另外由八姐处取五十，你置一点衣服吧。家里钱连之琳祖春等稿费足可以支持到阴历年后，煤已买了三吨，预备只生两个炉子，九妹同朱干对调，我房烟筒通过去就行了。厨子我预备过了阴历年再辞，可是看到他近来做事极负责，处处小心的样子，心里不忍，存了心要不用他，见了他总觉得有点抱歉；但若用下去实在是浪费。将来我们若不住北平，在别处安家，一定力求简单，不多用人，什么事自己动动手，顶多用两个女工，一个看孩子，一个烧饭打杂足了。黄先生钱已还来，她一定要还我，我把杨先生的一半已交给杨小姐，我这一半暂存这里，等她需用时再借给她，我知道她收到钱不多，一时又走不掉，将来仍然很窘的。我并没有写信家去要爸爸寄钱来。你晓得我家那位令堂的脾气的，为什么给爸爸找气受？再说，自己能挨总想挨过去不求人好，我平常未雨绸缪原因即在此，我最怕开口求人，即或是自己的父亲，但现在不似从前了。你平常总怪我太刻苦自己，因小失大，现在该知道我不错了。家里谁都不懂节俭，事情要我问，我不省怎么办!？就以现在说，再省再省也迟了。你那边能自己供应，能办到不借钱更好，万不得已也只能以极小度借贷，杨先生钱亦不多，而况他用处较广，由他给杨小姐信可知。你万万不可再向他借了。我很奇怪，为什么我们一分开，你就完全变了，由你信上看来，你是个爱清洁，讲卫生，耐劳苦，能节俭的人，可是一到我一起便全不同了，脸也不洗了，澡也不洗了，衣服上全是油污墨迹，但吃东西买东西越讲究越贵越好，就你这些习惯说来，完全不是我所喜爱的。我不喜欢打肿了脸装胖子外面光辉，你有你的本色，不是绅士而冒充绅士总不免勉强，就我们情形能过怎样日子就过怎样日子。我情愿躬持井臼，自己操作不以为苦，只要我们能够适应自己的环境就好了。这一战以后，更不许可我们在不必要的上面有所奢求有所浪费，我们的精力，一面要节省，一面要对新中国尽量贡献，应一扫以前的习惯，切实从内里面做起，不在表面上讲求，不许你再逼我穿高跟鞋烫头发了，不许你用因怕我把一双手弄粗糙为理由而不叫我洗东西做事了，吃的东西无所谓好坏，穿的用的无所谓讲究不讲究，能够活下去已是造化，我们应该怎样来使用这生命而不使他归于无用才好。我希望我们能从这方面努力。一个写作的人，精神在那些琐琐外表的事情上浪费了实在可惜，你有你本来面目，干净的，纯朴的，罩任何种面具都不会合式。你本来是个好人，可惜的给各种不合式的花样给 Spoil 了，这只是就一点而言，以后我们还得谈，还有许多浪费精神的事，是我所深知的，也是你所深知的，可是说过多少遍你不听，我还得说，不管你嫌烦不嫌烦，还得说。你看，我一写起信来，总是絮絮不休，你一定不喜欢这样的信，为什么我就那么不会写，我原想同你亲亲热热说点体己话的，不知不觉就来了这一套，像说教的老太婆，带住了，下次谈好一点的，原谅我。

三妹

十月廿五晚

1937.11.06 **复张兆和**

十一月六日

三姊：

今天你来的电说拟缓来，不知为什么原因不上路。我猜想总有原因。若果这个信还可到你手边，我希望你对来不来好好打算一番。我到长沙时和杨先生商量到你们来好还是不来好，结果觉得能来还是来好。因为来到这里，大家即或过点困难日子，吃碗稀饭，也必比两地分开牵牵挂挂为妙。就目前情形，通信动不动即得半月，若两地交通一阻隔，我们心里不安，你们生活也不安，这种情形你可以想象得出。天气渐渐寒冷，十二月里海河一封冻，想来就不能再由天津坐船，到时必须坐车到塘沽，其不方便处不用提也明白。若不动身，则至少就得等到明年四月方可希望南行，战事到时如更恶化，如何走？走不动，信也难通，一年半载，说不定我还得向内地跑，这么办我恐怕你在北方日子过不了。纵生活无问题，精神上你受不了。你和孩子虽十分平安，还是不能安心，要作事，总有所牵绊，不便作。要写文章，不能写，要教书，心不安，教不下去。并且我自己知道你同时也知道，就是我离开你，便容易把生活转入一种病态，终日像飘飘荡荡，大有不知所归之慨。表面上生活即或还能保持常态，精神生活上实不大妥当。过日子不免露出萎靡不振神气，脑子且有点乱。你同我在一处时，就什么都好多了。可是如果你与我恰恰相反，在一处时为操心家事，为我种种麻烦，实在不大受用，离开我后，反而觉得一切简单得多，生活也就快乐得多。如果事实的确如此，我们就从长计划，你决定不即南行，依然和孩子留在北平不动，到得钱时，我即将钱寄来。（如能照八月得千五，必寄一千来。恐怕只有一千左右，有一千我也寄六百来。你想让九妹南行好，就让她过上海大姐处去。）不过这样办得先料到几件事：一是南北间隔，也许有半年音讯不通；二是我因事故会走入内地，离你更远；三是你在北方日子过得当真会好，且能安心过下去，又还对我放得下心，你自己又不会出什么不快乐不开心的事。你算算看，什么好就照你以为好的去做，我不强迫你作不乐意的行动。你不来事实上对我也未尝无好处，因为这时节住什么地方多久总难说定，要走动，一个人当然比一家人容易方便，有事变，一个人当然比一家人容易处置，要作事也还是独自一人好。可是这是“原则”，与“事实”相去稍远。事实是我们都得承认，如此时代，能在一处，不管过的是什么日子，总比离开好！你尽管说我不好，我在你身边时，麻烦你太多，共同过日子又毫无快乐可言，去你所理想太远，说不定留在北平，凡我所能给你的好处瑞菡或三婶就能代替，此外也正因为我不在你身边，还有更多想象不到的人给你的尊敬和友谊，使你觉得愉快。不过由我看来，两人的幸福，还是同在一处，方能得到。为孩子计，也是如此。为你计，也是如此。

你是不是仅仅为的怕孩子上路不便，所以不能下决心动身？还是在北方，离我远一点，你当真反而感觉快乐一点，所以不想来？不拘那一种理由我都能了解而原谅，因为我爱孩子也愿意让你快乐。只是请告我一声，说明白了，免得我在这边发了电报写了信老盼望着，且总以为你已动身了，白着急，为你们路上经过而着急。我还得一本正经的同你说，不要以为我不明白你，或是埋怨你，疑心你，对你不肯南行就生气。我不生气。你即或是因为北平有个关心你，你也同情他的人，只因为这种事不来，故意留在北京，我也不妒忌，不生气。我这些地方顶明白道理，顶明白个人的分际。我近来因为读了些书，读了些关于生理学和人生哲学的书籍，反省自己，忽然产生了些谦卑情绪，对于我们的关系，增加了些义务感觉，减少了些权利感觉。这谦卑到极端时且流于自卑，好像觉得自己一切已过去了，只有责任在身。至于你，人既年轻，还有许多权利可得，虽作了两个孩子的母亲，不为得是报复，只为得是享受，有些人对于你的特殊友谊，能引起你的兴味时，还不妨去注意注意！我不是说笑话，不拘谁爱你或你爱谁，只要是使你得到幸福，我不滥用任何名分妨碍你的幸福。我觉得爱你，但不必需因此拘束你。正因为爱你，若不能够在共同生活上给你幸福，别的方面我的牺牲能成全你幸福时，我准备牺牲。有痛苦，我忍受痛苦。

为什么我说这些话？不是疑心你会如此如彼，只是我记起你某一时的感触，以及你的年龄，以为人事不可料者甚多，一个好端端的人也会发疟疾，害伤寒病，何况被人爱或爱人？我说真话，假若当真凑巧有这样事情到你生活上时，你完全不用顾虑到我，不用可怜我，更不用怕我，尽管作你以为是的好了。我这个人也许命运里注定要有那么一次担负的。我好像看到了这种幻景，而且俨然从这种痛苦幻景中，得到另外一种暮年孤寂生活的启示。我这人原来就是悲剧性格的人物，近人情时极近人情，天真时透底天真，糊涂时无可救药的糊涂，悲观时莫明其妙的悲观。想到的事情，所有的观念，有时实在不可解。分析起来大致有数点原因：一是遗传上或许有疯狂的因子；二是年纪小时就过度生活在幻想里；三是看书太杂，生活变动太大；四是鼻破血出，失血过多，用脑太过。综合结果，似乎竟成了一种周期的郁结，到某一时自己振作不起来，就好像什么也不成功，你同我分裂是必然的，同别人要好是自然的。我到头还是我，一无所能，一无所得，与社会一切都离得远远的，与你也离得远远的。真糟糕。救济它只有一法，在你面前就什么都转好了，一切颜色，气味，声音，都感觉很满意，人仿佛就站住了。你一时不来呢，活该受罪，受自卑到无以复加的罪。

这种周期性的自加惩罚，也许还是体力的缺陷，睡眠不足，营养不足的影响，也许竟只是写这种长信的影响。一次好好的睡眠和一顿好好的饮食，少写点信，多晒晒太阳，就会减轻许多，不过要它断根，可真不容易。你一定记得，就是我们在一起时，有时也会发生这种症候，情形怪糟的。

你放心，我说虽说得那么可怜，总还是想法自救，正如同溺水的人，虽然沉溺了，两手总还是捞着草根树枝，不让他下沉。日常生活照样打起精神干下去，而且极力找寻自己的优点，壮自己的气，想象世界明日的光明，以为个人值得努力生存。

给孩子和你自己照半打小相来，并来信告我，是不是当真觉得留在大城住下，对孩子好些，对你也觉得好些？不要为我设想，正因为只要你们过日子觉得好，我就受点苦也不碍事的。我极希望用我的痛苦换给你一点幸福快乐。（我应当如此，必须如此。）几年来由于我的粗心，我的糊涂，给你太多不愉快，我愿意照你意思安排，得到我能得的种种。

二弟

十一月六晚

1938.03.22 **复沈从文**

沅陵十五　三月廿二

二哥：

这张纸在桌上摆了一整天了，早上就预备写——不，前天就预备写的信，这时候才来动笔，两孩子已睡定，鼾声停匀，神态舒适，今晚这封信大概可以完成，可是信寄到时，你应已作万里云南之行了。

两孩子都种了痘，小的情形好，痘已发，连第一次种痘例有的烧热都未见有，身体算好。大的可糟，又像去年一样，冻病了。本来可以不用脱衣的，因为我已特地为他换了一件袖子宽大的毛线衣，讨厌的人人医院的护士，一定要脱，把衣服脱掉露出光膀子种，种完了又得等干，干了以后才包扎穿衣，这样就冻着了，烧热两日，情形可怜，瞧着怪难过。

幸而现在已好，成天喊肚子饿，淘气得很。小虎的毛衣同内衣因我已预先改制过，故未着凉，他身体原来好，也经事些。

连日接上月廿二、廿四、廿五、廿九及三月一日各信，知萧乾已行，你们不出十天也得上路。我寄沅陵信你才收到两信，不明白这边情形，难怪你着急。家里大小，除了小龙种痘出了上述的毛病外，其余人个个身体不错。九妹一切都好，只是处在目前情形下，日子似过得更无聊。有一天晚上，我们正吃饭，谈着别人家的闲话，她忽然哭了，我不知道什么缘故，第二天饭也不吃了，只吃了些面。那天她曾有一封信寄给你，我猜她一定是太寂寞，遇事便不如意。那两天正赶着小龙发烧，小虎第一次种痘，我也伤风，又得喂奶。我不会说话，不能像你在家那样哄哄说说，骂骂又笑笑，心里揪做一团，一点办法没有。她又像是不高兴我，又说全然不干我事，只是她自己想着难过罢了。所幸过了两日，暗云即过，脸上又见了笑容，现在到躬姐家去了，今天已住了第三日。以前她老说要走，说就是做叫花子到自己的地方总高兴些。前一阵，那个一见飞机来就吓得脸色发白两腿直打哆嗦的邓小姐来，商量同九妹去南方，他们觉得住在这里无聊，闲着又惭愧，要走，要找工作做，说是任什么苦都得忍受。对这意见我不敢赞同，因为我知道她们俩都不是能吃苦的人，无非唱唱高调罢了。可是若当真有一天她不愿住到这里，一定要走，你又不在这里，我想到我身上的责任，我极烦恼。我自己呢，日夜为两个孩子绊着，用的人，一个太老，一个太娇，自己又不能干，因此就显得更忙更累。你屡次来信说要我译书，是你不明白我的情形。说起来心痛，这样下去，我也完了。我现在唯一的愿望，是俭俭省省的过，大家能相安，帮助我把这难关度过，因为要俭省，就不得不自己多添忙累，因为要俭省，就使得家里人心里不愉快，这是必然的结果。可是这个家在我手里，我不省怎么办？你向来是大来大去惯了的，你常常怪我太省，白费精神，平日不知节俭，这时候却老写信要我俭省，你不是把恶人同难题都给我做吗？事情看来容易，说来容易，临到自己做来就全然不同了。我不会说话，不愿说话，我心里种种，你明白，你明白的。你们难民团有人不守秩序，给你的烦恼，你觉得难受，又说不出，而我，一向就是过的你那样生活的。

前两天又得杨先生自长沙金城银行汇来二百元，打算全部还给健吾，就同他清账了。另寄一百五十也交健吾，一百是之琳预备寄回家的，五十之琳还芦焚，这一还，我这边就不欠什么账了（只用过之琳一百六十，二月三月的钱）。

今天小龙收到大伯伯的信，我念给他听，听后他抿着嘴笑，他有一张放大的相，王家姨父放的，将送给大伯与大妈。

“其”字你常用错，如“王树藏还好，萧乾每日逼其写字读英文”。这就错了，因为“其”字一向作“他的”解，如“杨大少爷与其新妇”就对了。我怕你写信给别人也会写错，故而相告，你莫又讥笑我是文法大家啊！

接之琳信，合肥我们一家人已上行到了汉口，一部分人且已入川，四妹尚拟留汉口找事做。你们若得知他们确实地址，见告为要。

这边又有了谣言，都说四月里不妥当。瑞菡一家人劝我们去上海，我想同夏老表、常风、正仪诸人商量商量。夏云到平后只来过一次，至今未来。若不走，在下月中旬就得搬进那小而破的房子去。

九妹回来了，她说想去上海，又想回沅陵。回家太危险，无伴怎能去？到上海又将累大姐，奈何！

三

1938.04.03 复张兆和

四月三日十一时

三姊：

十二、十三、十四号信都收到，孩子大小相片见到五张。放大相顶美，神气可爱。有同乡老前辈见到，说小虎简直与其祖父幼小时完全一样。祖父成人时壮美少见，小虎长大一定也极好看。小龙样子聪明，只是缺少男子雄猛气分。

家中紫荆已开花。铁脚海棠已开花。笋子蕨菜全都上市，蒜苗也上市。河鱼上浮，渔船开始活动，吃鱼极便利。

院前老树吐芽，嫩绿而细碎。常有不知名雀鸟，成群结队来树上跳跳闹闹。雀鸟声音颜色都很美丽。小园角芭蕉树叶如一面新展开的旗子，明绿照眼。虽细雨连日，橘树中画眉鸟犹整日歌唱不休。杨柳叶已如人眉毛。全个调子够得上

"清疏"两字。人不到南方，对于这两个字的意义不易明白。家中房子是土黄色，屋瓦是黑色，栏杆新近油漆成朱红色，在廊下望去，美秀少见。耳中只闻许多鸟雀声音，令人感动异常。黄鸟声尤其动人。

今天星期，这时节刚吃过饭。我坐在写字桌边，收音机中正播送最好听音乐，一个女子的独唱。声音清而婉。单纯中见出生命洋溢。如一湾溪水，极明莹透澈，涓涓而流，流过草地，绿草上开遍白花。且有杏花李花，压枝欲折。接着是个哑喉咙夏里亚宾式短歌，与廊前远望长河，河水微浊，大小木筏乘流而下，弄筏人举桡激水情境正相合。接着是肖邦的曲子，清怨如不可及，有一丘一壑之美，与当地风景倒有相似处。只是派头不足，比当地风景似乎还不如。尤其是不及现前这种情景。

你十三号信上说写了个长信，不曾发出。又似乎想起什么事十分难受。我觉得不要这样子为一些感觉苦恼自己。这是什么时代？这时代人应当有点改变，在空想上受苦不十分相宜。我知道你一定极累，我知道孩子累你，亲人、用人都累你，得你操心。远人也累你，累你担心一切。尤其是担心到一些永远不会发生的事情。我看到你信上说的"你是不是真对我好？"我真不能不笑，同时也不能不……你又说似乎什么都无兴味了，人老了。什么都无兴味，这种胡思乱想却有兴味。人老了，人若真已衰老，那里还会想到不真对你好。我知道，这些信一定都是你烦极累极时写的。说不定还是遇到什么特别不如意时写的。更说不定，还是遇到什么“老朋友”来信或看过你后使你受了点刺激而写的。总而言之便是你心不安定。我住定后你能早来也许会好一点。你说想回合肥真是做梦，你竟似乎全不知道这半年来产生了些什么事，不知道多少逃难者过的是什么日子，经验的是什么人生。我希望你注意一下自己，不要累倒，也不要为想象所苦恼。

希望你译书，不拘译本什么书都好，就因为我比你还更知道你，过去你读书用心，养成一种细致头脑，孩子只能消磨你的精力，却无从消磨你的幻想或思想。这个不曾消耗，积堆过久，就不免转入变态。或郁结成病，或喜怒无常。事后救济和事先预防，别无东西，只有工作。工作本身即无意义，无结果，可是最大好处却……[1]

---

1. 原信缺尾。

1938.04.12 致张兆和

十二午

三姊：

小院子已绿成一片。老树也绿了，终日有八哥在树上叫，黄昏前尚叫个不止。居常天明以前落雨，白天不落雨。便在雨中，也有雀鸟叫。我们定明天上路，看情形，在这里恐不容易得到你来信了。这时节你一定以为我们业已上路。殊不知还是坐在廊下听鸟声。

路上至少得十天。试想想，上西山只是一点钟汽车，这里却得整整十天！爬的山至少比西山高二十倍，有些地方百里内无住户人家，无避雨处，无烧火处。路上情形，可以想见。可是一切有数，不用担心。这信到得你手边时，我或者已到昆明和熟人全见面了。也许半路出了意外（这是乱世极

在湖南沅陵“芸庐”

平常的），你记着一件事，不必难受，好好的做个人为是。国家需要你这样，孩子需要你这样，尤其是二哥，盼望你这样。死者完事，生者好好的活。使孩子健康长大，受良好的教育，不堕落，有父亲之刻苦作事，厚道待人，有母亲之明人体，爱清洁，守秩序，这就是成功，也就是做人。忘了我的小毛病，数年来对你的许多麻烦，且忘了我的弱点。应当忘掉的都得忘掉，莫为徒然痛苦所压倒。正因为未来日子甚长，可作事还多。你还年纪很青。我知道说到这点会使你难过起来，可是不能不说说。我倒什么都不怕，遇什么都受得了，只是想念及你和孩子，好像胆量也小了，心也弱了。本来定今天上路，就因为担心心弱，腰部不大舒服，便休息了一天。小五哥已于前天上路，他的通信可由晏池先生转。

很想念小虎，半年来不见他，已想不出是个什么样子。头发眼睛想不出，神气也想不出。九妹若想过上海，有伴上路，让她上路。大姐三嫂同住，到了那里，日子也许可以变变。不想走，即须好好过日子。这世界，万千人都欲活不能活，我们能吃、喝、住，毫无困难，应当知道已不容易。再不好好过日子，等等不知自重，自己向自己捣乱。回沅陵住是妄想，房子虽好，生活如何支持？大哥因三哥困难，不寄钱来，生活并不从容，性情认真而天真，九来恐过不惯。

将来也许可望你们都来住，你们一同来住。这地是为小虎小龙准备的。在我住楼房右手，现在只有一匹马，三五株竹子，两堆芭蕉，一片草。房子约四五百元可以成就。花钱极少，弄得极好看合用。我希望到八九月你们当真便可来这里住。小虎到这里来，必十分快乐，因为鸟雀之多，不可形容。小龙来时一定只想上城，屋后不远即可上城，在城上可看的很多。鱼很新鲜，美观之至，在河边可看人打鱼。河边虽不如青岛海边好看，并且不如海边干净，可是船只极多，木筏也好，颜色气味都令人感动。负柴担草妇人过渡时，尤其好看。半渡时两岸如画，四围是山，房子俨然全在山上。房子颜色很美，对河即可看到。走近北门时，高石墙如城，藤萝缭绕，上不少阶石才到大门，进门青翠扑人。如你当时同杨小姐一路，这时住这里，必觉得比上昆明好。在廊下看山，新绿照眼，无法形容。鸟声之多而巧，也无可形容。近日来常有一八哥，老老实实稳当当坐在新发叶子的老树枝上，叫了一会又休息休息，听别的鸟叫，休息过后又接着叫。

杜鹃还不曾开口。

四弟焕　顿首

四月十二

1938.04.12　致张兆和

十二黄昏

三姊：

昨天黄昏感觉疲倦，腰部大不舒服，因此上了床，决定停一天再走。因此今天不走。白天写信时觉得很好，到下午有点不妥，尚以为信写得太多了的原因。吃过饭，便觉得又有点和昨天差不多情形，肚子咕碌碌作响，人很疲倦，又想睡。骨节作痛。情形与昨天一样，与小五哥杨小姐数日前所患也一样。应当休息再说。可是行李已打了包，什么都准备好了。还是决定明天上路，一切交之于天。不上路我也不成。钱已快用光了。不上路什么都得重新想法。也许在边境上我可休息两天，因等车而休息。

这时节已将近黄昏，尚可听到八哥和画眉叫声。城头上有人吹号角。我有点痛苦，——不，我有的是忧愁，——不，我只是疲倦而已。我应当休息，需要休息。

想起你每日为孩子累倒的情形，我心中充满同情。若两人在一处，这疲倦便抵消了，会很平静的坐在廊下，看黄昏中小山城炊烟如何慢慢上浮，拉成一片白雾，一切鸟声市声犹如浮在这白雾里。

×小姐同刘家父女同大哥正在楼下小房中玩牌，大家都欢喜大哥。

过一会儿我也许还可听听音乐，想它会能恢复我一点力量，一点生气。如明天可以上车，明天这时节，我一定住在一个小小旅馆里，地方比这里小得多，可是风景却美丽得多。住的地方是黔湘边境，说不定入夜即可听狼嗥，听豹子吼。

头有点闷重。应当休息。又似乎吃错了冷茶，我记起了我不宜于吃冷茶，一吃即出毛病。多久以来即注意到这件事。不凑巧今天又这么来了一下。

这里黄昏实在令人心地柔弱。对河一带，半山一条白烟，太美丽了也就十分愁人。家中大厨子病霍乱一天，即在医院去世，今天其父亲赶来，人已葬了，父亲即住在那厨子住的门房里，吃晚饭时看到那老头子畏怯怯的从廊子下边走到厨房去，那种畏怯可怜印象，使我异常悲悯。那么一个父亲，远远的跑来，收拾儿子一点遗物，心中凄凉可知。尤其是悲哀痛苦不能用痛哭表现，只是沉默默的坐在那门房里，到吃饭时始下厨房去吃饭。同住的是个马夫，也一句话不说，终日把他的烟管剥剥剥敲房枋。小五哥一走，天又下雨，马像是不大习惯，只听到在园中槽口上打喷嚏。园中草地已绿成一片。

小虎小龙和你若这时在我身边，我一定强多了。

窗间还亮，想睡又觉太早。

孩子使你累得很，到累倒时，想想我的情形，会好一点。我不会忘记你们的。黄昏，半夜时听隔屋孩子哭声，心里也很动念，仿佛哭的是小虎。

小龙一定不常哭了。天气转暖，孩子一定已可穿薄夹衣看花了，这里我又穿上了棉袍，也许还得一直穿上昆明。被盖留下大丝棉被，换了一床蓝色绸纱的，比较小，比较轻。箱子只带两个小的，大的不带。将来要带也方便，邮局寄运行李较公路自带还稍贱。

黄昏已来，只听到远远的有鸟雀唤侣回巢，声音特别。有孩子笑嚷。我想给你们寄点印花布，作孩子被单，这里印花布太美，来不及了，将来或要大哥寄，当信寄可收到。

手边有一本选集，一本《湘行散记》，一本《边城》，一本《新与旧》，一本《废邮存底》，象征卅年生命之沉淀。我预备写一本大书，到昆明必可着手。

健吾有信来，奇怪……据说是爱国女学的学生。想来很有意思，因料不到有那么一个人同看电影，同过日子的。

大姐无信来，想已回上海，又以为我们上了路。若彼尚在汉口，必可见小五哥。

听到杜鹃叫了，第一次听它，似在隔河。声音悲得很。无怪乎古人说杜鹃悲啼，神话中有杜鹃泣血故事。几个北来朋友还是一生第一次听到它。声音单纯而反复，常在黄昏夜半啼，也怪。

吻你和孩子。

四弟

四月十二　下七时

1938.04.13 致张兆和

四月十三早四点

三姊：

天尚未亮，隐约中可见到一些山树的轮廓，和一片白雾。不知何处人家，丧事经营，敲打了一整夜锣鼓，声音单调而疲乏。一定当真疲乏了。和尚同孝子，守夜客人和打杂帮工，在摇摇欲坠的烛光中，用鼓声唱呗声振奋自己，耳朵中也听到鸡声。且估计到厨房中八宝饭早点莲子羹，热腾腾的在蒸笼里等待着。这鼓声大约一千年前就那么响着，千年来一成不变。

杜鹃各处叫得很急促，很悲，清而悲。这鸟也古怪，必半夜黄昏方呼朋唤侣。就其声音之大，可知同伴相距之远，与数量之稀。北方也有，不过叫声不同罢了。形体颜色都不怎么好看，麻麻的，飞时急而乱，如逃亡，姿势顶不雅观。就只声音清远悲酸。

我们准备五点半就过江，还得叫城门，叫渡船，叫……所谓内地旅行便如此。“鸡声茅店月，人迹板桥霜。”写得就正是这种早发见闻。渡江时水上光景异常动人。竹雀八哥尚在睡梦中——在睡梦中闻城里鼓角，说不定还做梦，梦到被大鸟所逐，恶犬所捕，或和黄鸟要好！一切鸟都成双，就只黄鸟常常单身从林端飞出。叫声也表示它的孤单。啄木鸟也孤单，这孤单却正说明立场在各自工作求食，与黄鸟孤芳自赏性格不同。

大家都起床了，只待上路。得下山，从一个出窑子的街（尤家巷）过身，说不得过路时还有狗叫，那些无顾客姑娘们，尚以为是别的主顾出门！出了尤家巷到大街，门照例是掩上的。城门边有个卖豆腐的人，照例已在推磨打豆腐了。出城时即可见到一片江水，流了多久的江水！稍迟一点过渡，还可看到由对河回来的年青女子，陪了过往客人睡了一晚，客人准备上路，女人准备回家。好几次在渡船上见到这种女子，默默的站在船中，不知想些什么，生活是不是在行为以外还有感想，有梦想。谁待得她最好？谁负了心？谁欺她骗她？过去是什么？未来是什么？唉，人生。每个女子就是一个大海，深广宽泛，无边无岸。这小地方据说就有五百正规女子，经营这种事业。这些人倘若能写，会有多少可写的！

鸡叫得较促，夫役来了，过廿分钟我就在渡船边了。小虎这时节也许已经醒了，你小房中灯已亮，小龙也许正在叫姆妈，翻了个身。这纸上应当有杜鹃声，鼓角声，鸡声，以及楼下大哥大嫂安排物什话语声。同时且应当有另外一种声音，宝贝。

吻两个孩子。

四弟

五时过十分

1938.07.28 致张兆和

七月廿八

三姊：

昨托常兄转一信，并有小龙孩子一纸，照通常日子计算，应比这信早到十天。一望小虎相片上那双睁大的眼睛，一头黑发，我就想笑。那样子！真是太可笑了。小生命从妈妈身上得到活力同性灵，这是你的杰作！我知道在众人欢喜中你所有的快乐和骄傲。小龙儿也很神气，聪明得很。你自己呢，一个顶母性的妈妈。我十二岁就读过《麻衣相法》，老相信自己会看相，吉凶看不出，善恶慧钝却清清楚楚，你是个有福气的母亲，对孩子最理想的母亲。两个小人儿的将来成就，你有整个的责任。你能把责任尽得顶好！

我已寄望舒文章十页，下期航信还可寄十页。我希望你早来些，这对我们这个工作太有关系了。你来后，我一定可像写《边城》那么按日工作下去。（孩子在身边只有增加我工作的能力，毫无妨碍！）心定一点，人好一点，所作的东西一定也深刻得多，动人得多。我用的是辰河地方作故事背景，写橘园，以及附属于橘园生活的村民，如何活；如何活不下去，如何变；如何变成另外一种人。预备写六万字。但看情形，你若不能在八月上路，恐怕等到你来时，我工作已结束了。我应当早早的完成它，因为它和我们下半年生活极有关系。也许有五块港币一千字，这个数目此时不算是个小数目。你不肯来帮点忙，我觉得可惜。你常说愿意参加生活，到这种需要你帮忙——只使我心安一点，不必老是写信，费钱费事费脑子——你却不来了。你自己想想看，对我是些什么意义。难道相上注定你单做“好母亲”，此外就无事可作？

孩子三叔说小虎有“代狗”神气。若当真如此，倒不坏。三叔小时就完全是个“代狗”样子，壮蛮异常，长大时还漂亮。二十年后的中国，青年们应当壮而蛮，手脚长大，眼睛明亮。小龙神气倒有点像外祖父，像大舅舅，人若一幽默，二十五岁后保不定又是个小胖子！

书寄过上海不碍事，丢了也就完了，或许反而省你麻烦。书都不怎么好，将来要再买它并不困难。我希望的是你莫因料理这些东东西西累倒，其次是早带孩子上路。你不肯听话，对你很不好。你既明白这次不比往年回苏州情形，怎么老坐在鼓里，尚以为可缓可急，我要你早来倒只是求“心安”，别无意义。全不知道是什么世界，在这兵荒马乱情形中，你的打算可能有些什么结果。

大人孩子打针事，五十块钱也得办好，这不是具文，是为自己安全设想，也必须作。熟人中为不小心倒下完事的，入医院花钱极多的，至少可数出十人。这都是由于无知的结果，图马虎省事结果。

这里住处再慢来点也有问题，你一定不愿意孩子们来，在街上徘徊，殊不知就有多少人家带了孩子各处找住处不得。我的住处楼上一间房子，西林来时说笑话，应当住六个人。说不定将来至少就得住三个人，加你和小虎。小龙将来同姑姑住外边一间。（后院侧厢深不到一丈，长不到一丈五，住了大小十二位！）杨先生因为无住处，所以家就回不成。

小虎儿来这里吃西红柿便利，这里只卖四分一斤，很新鲜，本地人不吃它。牛肉极好，本地人也有很多人不吃它。小龙来时更可以吃好东。（家中小狗因吃好东过多，脾气古怪到了家，一天发疯似的到处跑，同小猫儿一般。)

我大清早到公园去林荫中散步，总想起带小龙在一处，一定更好些。

1938.07.30 致张兆和

廿九晚十一点

三姊：

已夜十一点，我写了《长河》五个页子，写一个乡村秋天的种种。仿佛有各色的树叶落在桌上纸上，有秋天阳光射在纸上。夜已沉静，然而并不沉静。雨很大，打在瓦上和院中竹子上。电闪极白，接着是一个比一个强的炸雷声，在左边右边，各处响着。房子微微震动着。稍微有点疲倦，有点冷，有点原始的恐怖。我想起数千年前人住在洞穴里，睡在洞中一隅听雷声轰响所引起的情绪。同时也想起现代人在另外一种人为的巨雷响声中所引起的情绪。我觉得很感动。唉，人生。这洪大声音，令人对历史感到悲哀，因为它正在重造历史。

我很想念小虎小龙，更想念起他们的叔叔，因为叔叔是很爱他们，把他们小相片放在衣袋中的。一年来大家所过的日子，是什么一种情形！我们隔得那么远，然而又好像那么近。这一年来孩子固然会说话了，可是试想想，另外一个地方，有多少同样为父母所疼爱的小孩子，为了某种原因，已不再会说话，有多少孩子，再也无人来注意他！

我看了许多书，正好像一切书都不能使一个人在这时节更有用一点，因为所有书差不多都是人在平时写的。我想写雷雨后的《边城》，接着写翠翠如何离开她的家，到——我让她到沅陵还是洪江？桃源还是芷江？等你来决定她的去处吧。

近来极力管理自己的结果，每日睡六小时，中时还不必睡，精神极好。吃饭时照书上说的细嚼主义，尤有好处，吃后即做事，亦不觉累。已能固定吃两碗饭。坐在桌边，由早到晚，不打哈欠。

孩子应多睡一点，因为正在发育，大人应当少睡，方能做出一点事情！

卅早七点

一家人都上西山玩去了，只剩下我一个人坐在桌边。白天天气极好，已可换薄夹衣。但依然还不至于到要吃汽水程度。所以这里汽水从不用冰冰过。看看大家都能够安心乐意的玩，发展手足四肢之力，也羡慕，也希奇。羡慕兴致甚好，希奇生活毫无建树，那有心情能玩！据我个人意思，不管又学什么，一天到晚都不会够，永远不离开工作，也不会倦。可是我倒反而成为病态了，正因为大家不觉得必须如此，我就成为反常行为。翟明德视为有神经病，你有时也觉得麻烦，尤其是在作事时不想吃饭，不想洗脸，不想换衣，这一类琐事真够麻烦。你可忘了生命若缺少这点东西，万千一律，有什么趣味可言。世界就是这种“发狂”的人造成的，一切最高的纪录，没有它都不会产生。你觉得这是在“忍受”，我需要的却是“了解”。你近来似乎稍稍了解得多一点了，再多一点就更好了。再多一点，你对于我就不至于觉得凡事要忍受了。

近来看一本《变态心理学》，明白凡笔下能在自己以外写出另一人另一社会种种，就必然得把神经系统效率重造重安排，作到适于那个人那个社会的反应，——自己呢，完全是“神经病”。是笑话也是真话，有时也应当为这种人为的神经病状态自悼，因为人不能永远写作，总还得有平常人与人往来生活等等，可是我把这一套必须方式也改变了。表面上我还不至于为人称为“怪物”，事实上我却从不能在泛泛往来上得到快乐。也不能在荣誉、衣物，或社会地位上得到快乐。爱情呢，得到一种命运，写信的命运。你倒像是极乐于延长我这种命运。为我吻孩子。

四弟　上

1938.08.19 致张兆和

三姊：

这信是托一个人带来的。我为给你写信，脑子全搅乱了，不知要如何写下去好。我很希望依然能够从从容容同你谈点人事天气，我写来快乐点，你看来也舒服点，但是办不到。一写总像是同你生气似的。我为你前一来信工作又搁了一礼拜。心里很乱，头很乱，信写来写去老是换纸。写到后来总不知不觉要问到你究竟是什么意思，是打算来，打算不来？是要我，是不要我？因为到了应当上路时节还不上路，你不能不使人感疑有点别的原因。你从前说的对我已“无所谓”，即或是一句“牢骚”，但事实上你对于上路的态度，却证明真有点无所谓。我所有来信说的话，在你看来都无所谓。

你的迁延游移，对我这里所有的影响是什么事也不能作，纵作也不会好。这样下去自然受不了。

所以我现在同你来商量，你想来，就上路；不愿意来，就说“不来”（不必说什么理由，我明白理由）。从你信上说准了不来，我心定了，不必老担着一分心，更不必要朋友代为担心，我就要他们把护照寄回缴销，了一件事。如此一来，你不会再接我这种无理催促的信，过日子或安静一点。我不会巴巴白盼望，脑子会好一点。

决定不来后，这半年还要多少钱，可来信告我一声，当为筹措拨来。我这里一切情形，你无兴味，我将不至于再来连篇累牍烦你了。（你只说是为孩子，爱他，怕他们上路受苦所以不来，不以为是变相分离，这一切都由你。）我这里得到你决定不来信息后，心一定，将重新起始好好的过日子下去。再不作等待的梦，会从实际上另外找出点工作去做。

我们这里事务年底结束一部分。明年从新另作。你们来，我自然留下不动，若不来，或到那时我就换个地方。有好些地方我都可去，同小龙三叔一处，就是种很好的生活。虽危险点，意义也好点。

给我来信时说老实话，不要用什么不必要的理由，表示你“预备来，只是得等等”，如此等下去。这么等下去是毫无意义的，费钱，费事，费精神的。时移世变，人寿几何？

共同过日子，若不能令你满意，感到麻烦和委屈，我为爱你，自然不应当迫促你来受麻烦受委屈。只要你住下来心安理得，我为忏悔数年来共同生活种种对不起你处，应尽的责任必尽。为了种种不得已原因，我此后的信或者不能照往常那么多了，还望你明白这时正是战争，话不好说，也无什么可说，加以原谅。你只好好照料孩子，不必以远人为念。我自己会保重，因为物质上接济，对孩子们责任，我不至于因你任何情形，我就不肯负责。凡是我对你们应尽的责任，永远不会推辞。

我心乱也只是很短期间的事，痛苦也不久长，过不多久就会为“职务”或“责任”上的各种工作，来代替转移了。我很愿意你和孩子幸福而快乐。很愿意你觉得所有的打算，的确使你少些麻烦，忘掉委屈。单独住下来比同我在一处，有意思些，安静些，合乎理想些。

我写到这里时心很静，不生气，不失望。我依然爱你和孩子，虽然你们对于我即或可有可无，我也不在意。这里天气热时，可以穿夹衣，今天天气又冷一点，我的厚驼绒袍又上身了。桌上有两个孩子的相片，很乖很可爱。我看了许多书，看书的结果，使我好像明白了些过去不明白的事情。看苏格拉底，那种作人的派头，很有意思。看……写这个信时，竟似乎把六七年写信的情绪完全恢复过来了。你还年青，不大明白我，我也不需要你明白。你尽管照你打算去生活吧。

我很想用最公平的态度，最温和的态度，向你说，倘若你真认为我们的共同生活，很委屈了你，对你毫无好处，同在一处只麻烦，无趣味，你无妨住下不动。倘若你认为过去生活是一种错误，要改正，你有你的前途，同我长久在一处毁了你的前途，要重造生活，要离开我重新取得另外一分生活，只为的是恐社会不谅，社会将事实颠倒，不责备我却反而责备你，因此两难，那么，我们来想方设法，造成我一种过失（故意造成我一种过失），好让你得到一个理由取得你的自由，你的幸福。总之在共同生活上若不能给你以幸福，就用一别的方法换你所需要幸福，凡事好办。我在小问题上也许好像是个难说话的人，在这些大处却从无损人利己企图，还知所以成人之美，还能忍受，还会做人。我很希望你处置这类事，能用理智，不用情感。不必为我设想，我到底是一个男子，如果受点打击为的是不善待你而起，这打击是应当忍受的。我已经是个从世界上各种生活里生活过来的人，过去的生活上的变动太大，使我精神在某方面总好像有点未老先衰的神气，在某方面又不大合乎常态，在某方面总不会使近在身边的人感到满意，都是很自然的，不足为奇的。我也可以说已经老了。你呢，几年来同我在一处过日子，虽事事委屈你，受挫折麻烦，一言难尽。孩子更牵绊身边，拘束累赘，消磨了少年飞扬之气不少。但终究还年青得很，前途无限。在情感上我不绊着你，在行为上孩子不绊住你，你的生活还可以同许多女孩子一样，正可在社会上享受各种的殷勤，自由选择未来的生活。要变更生活，重造生活，只要你愿意，大致是非常便利的！不用为我设想，去做你所要做的事情吧。倘若我们生活在委屈你外一无所得，我决不用过去拘束你的未来行为。你即或同我在一处，你还有权利去选择你认为是好的生活。你永远是一个自由人。

我把住处已整理得很好了，窄而小，可是来个客坐下时很舒适。两个长篇已开始载出，一个八月十三起始，一个八月七号起始。我想想，我这个人在生活上恐怕得永远失败了，弄不出什么好成绩了，对家人，朋友，都不容易令人如何满意（即或我对此十分努力也是徒然），我的唯一成就，或者还是一些篇幅不大的小册子。我的理想，我的友谊，我的热情，我的智慧，也只能用在这一堆小册子上。即如这些作品，所谓最好的读者，也不会对之有多少认识，不过见着它在社会上存在，俨然特殊的存在，就发生一点兴味罢了。

真正说来倒是孑然孤立存在到这个世界上，倏然而来悠然而去，对这个流俗趣味支配一切的世界是不生多大影响的。想到这里，我毫无悲伤情绪。我正在学习古来所谓哲人，虽活在世界上，却如何将精神加以培养，爱憎与世俗分离，独立阅世处世的态度。学认识自己，控制自己，为的是便于观察人生，了解人生。自己作到不忧，不乐，不惧，不私地步，看一切就清楚许多。目前还不免常有所蔽，学养不到家，因此易为物囿。在作品上能表现“明察”，还不能表现“伟大”。再经过一些试练—— 一些痛苦的教训，一种努力，会不同点。间或也不免为一些人事上的幻念所苦，似乎忍受不来，驾驭不住，可是一切慢慢的都会弄好的。譬如你即或要离我他去，我也会用理性管制自己，依然好好的作事做人，且继续我对孩子应负的责任。在任何情形下我将学习“不责人”的生活观。不轻于责人，却严以律己，将自己生活情感合理化，如此活在这个社会中，对于个人虽很容易吃亏，对于人类说不定可望有一点不大不小的贡献。

不要以为我说的是气话，我无理由生你的气。我告你的是你应当明白的。至于你自己呢，你似乎还不大明白你自己，因此对我竟好像仅仅为迁就事实，所以支吾游移。对共同过日子似乎并无多大兴味，因此正当兵荒马乱年头，他人求在一处生活还不可得，你却在能够聚首机会中，轻轻的放过许多机会。说老实话，你爱我，与其说爱我为人，还不如说爱我写信。总乐于离得远远的，宁让我着急，生气，不受用，可不大愿意同来过一点平静的生活。——你认为平静是对你的疏忽，全不料到平静等于我的休息，可以准备精力作一点永久事业。——你有时说不定真也会感到对我“无所谓”，以为许多远近生熟他人，对你的尊敬与爱重，都比我高过许多，而你假若同其中一个生活，全会比同我在一处更合宜，更容易发展所长。换言之，就是假若和这些人过日子，一定不至于有遇人不淑之感。可是你却无勇气去试验，去改造。这有感想难实现的种种，很显然只能更增加你对事实上的我日觉得平凡，而对于抽象中的他人觉得完美。我很盼望你有机会证实一下你的想象，不必为我设想，去试验另一种人生。如果能得到幸福，那是你应当得到的幸福，如果结果失望，那你还不妨回头，去掉那点遇人不淑之感，我们还可把生活过得上好！你既不能如此，也不肯如彼，所以弄得成现在情形。你要怎么办（爱或不爱我），我就不大明白，你自己也仿佛不十分明白。（正因为如果自己很明白，就不至于对行止游移，且在游移中迁延时日了。）不相信试去想想，分析一下自己，追究一下自己，看看这种游移是不是恰恰表现你主意不定的情状。（表示你不愿来，不能去，以如此分开权为得计的情状。）这么分开两地，原来只是不得已而如此，你却转以为好，有办法和机会带孩子来，尚不自觉见出你乐于分居的态度。我说的不自知，正即谓此。你还不大知道这么办对目前为得计，对长久如何失计。因为如此下去，在你感觉中对我的遇人不淑之感，即或因“眼不见心不烦”可以减少一些，对人的证实幻想机会却极多，又永不去完全证实一下，情形就很容易成为对我的好意的忽略，对自己无决断无判断力的继续，你想想，这于你有什么好处？孩子有什么好处？你对南行的态度就恰恰看出你对生活的态度。你若自己知道的多一点时，行或止会都有更确定的主张，拿得出这种主张。

在来信上我老爱问你“究竟意思是怎么样？”因为你处处见出模胡。我还要说“一切由你”，免得你觉得我对你有所拘束，行动不能自由，无从自主。我很需要你在一切自由情形下说明你的意思。要甘苦与共的同过患难日子？要生活重造不再受我的委屈？要不即不离维持当前形势？不妨在来信中说个明白。我可以告你的是：我决不利用我的地位，我的别的拘束你，限制你，缠缚你。你过去当前未来永远是个自由人。你倘若有什么理想，我乐于受点损害完成你的理想。你要飞，尽可飞。你如果一面要迁就事实，一面又要违反事实，只想两人生活照常分得远远的，用读读来信打发日子，我只怕在短期中你会失望，这种信写得来也寄不来，因为这时代是“战争时代”！看看这一天又过去了，什么事也不能作，写了那么多“老话”。斜阳在窗间划出一条长线，想起自己的命运，转觉好笑。我自己原来处处还是一个“乡下人”，所有意见与计算，说来都充满呆气，行不通的。家庭生活不能令你发生兴趣，如此时代，还认为在一处只有麻烦，离得远远的反而受用，你自然是有理由的。我的生活表面上好像已经很安定了，精神上总是老江湖飘飘荡荡。情绪上充满了悲剧性，都是我自己编排成的，他人无须负责也不必给予同情的。我觉得好笑，为什么当时不作警察，倒使我现在还愿意作一警察。

四弟　兆顿首

八月十九

北平狂语

1948.07.29 致张兆和

三姐：

回来好累，睡了大半天才回复。事情都照吩咐办好，只是把小钥匙也带回来了，一面龙龙又想来看看学校，所以派他回城送钥匙。更重要的还是将以瑞信送上，看看你就知道，这一月恐怕是重头戏！是不是我进城看卷子时，就听他来和孩子们住，反而经济省事？这待你斟酌，或许那么也好。他信是今天晚上才得到的，信上说一号车来，你还得事先过中老胡同安排一番！如果他一来金隄不肯再住，还得将住下一切事传授以瑞。尤其是有关门禁事，得记住。

今天上午孟实在我们这里吃饭。因作牛肉，侉奶奶不听四小姐调度，她要“炒”，侉“红烧”，四姐即不下来吃饭。作为病不想吃。晚上他们都在魏晋处吃包子。我不能说厌，可是却有点“倦”，你懂得这个“倦”是什么。不知为什么总不满意，似乎是一个象征！我想，如果你还要在城中住半月，我又要看卷子半月，如果这么着，似乎还以提前返回城中（听龙龙住清华瑞芝或王忠处），省事，省费，省精神。不然住下来有轻松也有担负，尤以情绪上负重不受用，而这负重又只有我们自己明白。我近来竟感觉到，霁清轩是个“风雅”地方，我们生活都实际了点，我想不得已就“收兵回营”也好！若你不用在城里住得太久，我又只看卷子一礼拜或三五天，可能只看五天，那我们一同在乡下，气概似乎也就壮了一点。这事已到应商讨一下情形。如想回，即作为经济上有困难借口要回，也无关系。今天晚上大家山上“魏晋”一番时，我本来已拟去，忽然烦心起来，竟抽回了。回来就和虎虎写信，预备龙龙带给你。可要希望不把倦和烦心也带给你，因为这也只是说玩的意思，一会儿即过去。我和你有些天生相同弱点，性格无用，脾气最怕使人不快，自己却至多只一小会会不受用。这信到时，应当想到我腹中已不泻，今天很好，早早即起身与孟实上青龙桥买菜，而写这个信时，完全是像情书那么高兴中充满了慈爱而琐琐碎碎的来写的！你可不明白，我一定要单独时，才会把你一切加以消化，成为一种信仰，一种人格，一种力量！至于在一处，你的命令可把我头脑弄昏了，近来命令稍多，真的圣母可是沉默的！虽然我知道是一种爱，但在需要上量似乎稍多了一点，结果反而把头脑变钝了许多。（教育学上早提到这一点！）至于写信呢，你向例却太简单。如果当面说的话能按数量改作信，在一处时，却把写信方法用作生活法则，你过不多久，一定会觉得更多幸福。也能给一家人分享。

我回到中老胡同，半夜睡不着，想起许多事情：第一是你太使我感动，一切都如此，我这一生怎么来谢谢你呢？第二是我们工作得要重新安排一番，别的金钱名位我不会经营，可是两人生命精力要在工作上有点计划来处理处理了。我不仅要恢复在青岛时工作能力和兴趣，且必需为你而如此作，加倍作了。更重要还是我想你生命保留了更多优厚秉赋，比谁都多，都近于搁置不用，如一个未开发的矿一般，再不能继续荒弃下去，要真正来计划一下如何使用了。第三是孩子，龙龙的教育方法和虎虎的体力，需要用一较新观点注意。龙龙要凡事从鼓励引兴趣，虎虎要从医生问计。今天龙龙得小平信，说因心脏病得休养，还可能得停一年学。小平从表面看精力实极好，还有问题。虎虎的骨骼在发育上怕得多给一分注意。几回大胖忽烧而下瘦，一面是病后疏忽，一面那个烧有问题，可能比疟，比蛔虫，比失调还稍微重一点。目下总不离贫血现象，而出汗又多，这事要开学前去儿童医院看看。最好是努力使他恢复“小胖子”名号。胖而聪明比“瘦机伶”容易照料。关于龙龙，我认为不妨事，功课赶得上，他因为体力活动发展而像是不大读书，不妨事。英文作文可能是我们教的方式有问题。他性格头脑有些成熟处，从感化入可易见功。至于你那个最大的顽童呢？更容易有办法，我下回劝你看三本书，即可完全见功。罚他有个穿黄褂褂的夫人，事情既办不到，沉默的忍受和唠叨的“洗脸！”“刮脸！”又都不见效，就换一个方式来看看。这最好方式是要好，不当他是顽童，却当他是一个很可爱的朋友。信托，不太繁琐，一点儿谦退的客气，却不是媚疼，一种以道相勖的商酌，一点鼓励，却不做批评家。秘诀到此为止，再传授下去，我的手脚会有三百处被蚊子叮住了。我还是搁下了这个情书的抒情，来叙叙事吧。

韩先生说一号发薪一部分（似乎有五六千）。你斟酌看，把应买的买买。照我想物价还要上去，比银价快。糖油可以办一些，煤也要些。此外笔我还要买些。孩子也要，这里的很好。也许什么都不宜买，因为要用钱多。要带点款来。菜钱只够一天用了。今天买菜即已——幸好这些日子鱼不来，鱼钱还可调动。

如果可能，我要好好配一副眼镜，让它像一副和“沈从文”相称相趁的眼镜！不过数目一定可观，这也许要等等看。有特别减价皮鞋得准备一双。

得余处已去信，你也去个信问问三嫂。

离你一远，你似乎就更近在我身边来了。因为慢慢的靠近来的，是一种混同在印象记忆里品格上的粹美，倒不是别的。这才真是生命中最高的欢悦！简直是神性。却混和到一切人的行动与记忆上。我想什么人传说的“圣母”，一点都不差。但是一个“黄衫客”（我们就叫那一位作黄衫客好），即或是真正圣母，也不会有什么神性，倒真是一片“人性”！让我们把“圣母”的青春活力好好保护下去，在困难来时用幽默，在小小失望时用笑脸，在被他人所“倦”时用我们自己所习惯的解除方式，而更加上个一点信心，对于工作前途的信心，来好好过一阵日子吧。我从镜子中看去，头发越来越白得多了，可是从心情上看，只要想着你十五年来的一切好处，我的心可就越来越年青了。且不止一颗心如此。即精神体力也都如此。

我想这个信有大半段空白，让你从这个补足我写不完的唠叨。

我正想起从中央饭店离开，坐了个洋车到了车站后，坐在那小箱子上为你写信情形，以及把时间再倒回去，你在学校楼梯口边拿了个牙刷神气。小妈妈，生命本身就是一种奇迹，而你却是奇迹中的奇迹。我满意生命中拥有那么多温柔动人的画像！更感动的是在云南乡下八年，你充满勇气和精力来接受生活的情形，世界上那还有更动人的电影或小说，如此一场一景都是光彩鲜丽，而背景又如何朴素！小妈妈，我近来更幸福的是从你脸上看到了真正开心的笑，对我完全理解的一致。这是一种新的起始，让我们把生命好好追究一下，来重新安排，一定要把这爱和人格扩大到工作上去，我要写一个《主妇》来纪念这种更新的起始！

你试想想多有趣。捎这种信，按小说上习惯说来，必是什么“绿衣人”，“五四”时代冰心辈用的名辞！我们的却是一条“紫豇豆”。你看看小龙，可不真是一条紫豇豆！不必揪他的耳朵，让他多吃一个大馒头吧。他们的消化力在家庭中真已成“问题”，我赞成回城以后恢复窝窝头制。隔天半顿，可能把“天才女”胃病也医好！但如果魏晋长久下去，还是只有××党才会把病治好了。

不必为我的“倦”担心。我总能用幽默自解的！如可以和龙龙去西单办办家务，买点牛肉来也好，经得起上桌子。我想试试看在这种分别中来年青年青，每天为你写个信。你只要想想人家如何疼“花裤人”，就自然会明白你还有值得关心的在！你好好陪三嫂住下，要她安心入医院，这时大家都说坐不得飞机，莫这时还冒险坐飞机。你也不要为霁清轩一切事操心，能那么办，就可以每天得到那么一个信。

我说是这信得有半页空白，不想半行也不剩下！凡魏晋都已入黑甜乡，大致已夜深了。

从文

七月卅霁清轩

1948.07.30 致张兆和

三十晚八时

三姐：

今早龙龙来，想必八点前后即可到城。杨先生来时，因为忘记把虎虎信附入信中，所以托老胥又带上。我早上即和孟实去青龙桥走走，看看乡村早市。带了点菜返回。鸡蛋一枚已到八万，半月中加四倍。

好些日子都无鱼吃，今天凑巧来了十一斤，如一小猪大，是公的。作价百九十万。冯杨二家既不在，我们就独享了它。大家动手处理，计“天才女”割洗烹鱼头，“北大文学院长”伐髓洗肠（到后由天才女炒鱼肺，鱼油多而苦，放弃），我批鳞处理整段，切分成六大件。这个报告若在历史上倒还动人！午后小虎虎一个人把大砖大石砌了个地灶，拾了松球松枝数袋，我举火熏鱼，两人一面谈笑一面动手，计用二小时熏成鱼约六斤。这回手续已弄对。香料不足不能单吃，如果味道还好，将来即可照办。因活动分子服务极敏捷，一会会即把松枝找来备用也。熏鱼还待烹调，未上桌子。饭后他们上山“魏晋”。我和虎虎坐在水边谈天说地，俨然恢复桃源小院子生活。这种谈天比上课好，因为从银河谈到地质。有一件新事可告，我已失去上山“魏晋”能力，脚被湿气弄肿了，恐得有一二天不便行动。已托人带灰锰氧，你也可为便中买点捎来。腹泻倒已止住，惟胃口未回复，不大想吃东西。这实小事，不足念。也不“倦”了，我早说过，只是一时一会儿事，不多久即过去的。我这时只为你有点儿发愁，以瑞这一月住下，我们暑假便算是完了。不得已时，也许还是我一人住城中“省”。精力经济都省。因为我会照料自己，而你和孩子们还可玩玩。

这时已近十点，我和虎虎坐在桌上大红烛下，他一面看《湘行散记》，一面喝柠檬水，间或哈哈一笑，为的是“水獭皮帽子”好笑！那想到家里也还有那么一个小读者！傅先生明天进城，所以托他捎这个信。有关于家中要什么带什么，如果不能由龙龙办时，望交他办办。这里侉奶奶说要带一块碱，还要半袋面，一包盐，你斟酌看。面可由这里买，或省事些！米还多，不用带。盐碱都不妨在这里买，免繁琐。这里贵不多的。

下午荣德兄来，他下月出国，送来绣衣一件，他说也许十二时会和太太到中老胡同来奉看。我想若预备送夏云太太东西，正好托带去，不知有什么可送没有？我以为那个扇面花鸟可送，一在镜框一在柜中，很像个礼。你不想回去，就不用提了。一回去家中既乱乱的，要他们吃饭又得忙半天，且一切不方便。不回去也好，间间既不在家，自然无事。或去即请吃吃小馆子。如可以电知曾祺，告他将蘼芜稿费（彼云已来）用信封好存中老胡同，外写明周荣德太太收，托金隄一转（十二点前送到金处），据我想，一定会对于他两位开心。他们当天即去天津。荣德坐船去上海，在上海还有一阵住。太太病还不好。衣托傅先生带来。

院子中除了少几个人，其实凡事照常，可是不知为什么，空气竟像是不大一样！我一面和虎虎讨论《湘行散记》中人物故事，一面在烛光摇摇下写这个信，耳朵边听着水声秋蛩声，水面间或有鱼泼刺，小虎虎即唉哟一喊，好像是在他心上跳跃。又问《史记》是谁作的，且把从报纸上看到的罗马史故事复述。因为日长无事，读了许多报上问题。一切如此真实，一切又真像作梦！人生真是奇异。我接触的一分尤其离奇。下面是我们对话，相当精彩：

小虎虎说："爸爸，人家说什么你是中国托尔斯太。世界上读书人十个中就有一个知道托尔斯太，你的名字可不知道，我想你不及他。"

我说："是的。我不如这个人。我因为结了婚，有个好太太，接着你们又来了，接着战争也来了，这十多年我都为生活不曾写什么东西。成绩不大好。比不上。"

"那要赶赶才行。"

"是的，一定要努力。我正商量姆妈，要好好的来写些。写个一二十本。"

"怎么，一写就那么多？"（或者是因为礼貌关系，不像在你面前时说我吹牛。）

"肯写就那么多也不难。不过要写得好，难。像安徒生，不容易。"

"我看他的看了七八遍，人都熟了。还是他好。《爱的教育》也好。"

一分钟后，于是，小小呼鼾从帐中传出。一定睡得怪甜的。因为白天活动了一整天。先是上午玩自己钓来的鱼，换水，在水中还加了些石卵，水藻，十分美观的。随即参加破鱼工作，拿家伙，研究内部组织。下午一个人做灶，拾松果枝子，参加熏鱼，并从旁享受创造快乐。饭后谈天，就听我说小时竹林树林溪边种种，以及熏狗獾、猎野鸡、捉鹌鹑诸事，不胜神驰之至！夜来拉了一泡大屎，回到炕上时说了许多笑话，听我说到“为妈妈写的信就成《湘行散记》底本”时，就插口说：“想不到我画的也成书封面！”我说：“这书里有些文章很年青，到你成大人时，它还像很年青！”他就说：“那当然的，当然的。”小妈妈，你想想小顽童和我交换意见时神气，除了你习惯了他会相信，别的人一定都不会相信的！他单独和我在一处时，似乎独立得多，老成得多，既无机会可“嗲”，也不再说“爸爸可笑”。好像还宜于作我的群众。但一到和你和龙同在一处，就大大不同了。和龙龙的阋墙战是手口并用，永不疲倦的。（照我想可能是从学校习惯养成的，也是生理年龄上不可免的。）在你身边呢，常常是把三四岁情感与“老油子”精神混成一片。我觉得如果间或有一阵子让他们如此分开三五天，一年中有那么几次，对他们都极好，可以纠正疏理他们情绪生活，也能补助人格教育甚多。我还想试试让龙龙去清华小住一阵，将来且可至农学院挹和处去，从教育观点上看，有好处。一切不同对于孩子都有意义，刺激耳目，并学习适应，对他们且不是目前有好处，将来还有作用！凡魏晋又都已酣眠了，只蚊子和我十分精神。脚掌不大受用，我还是得休息了。

二哥　从文

1948.07.31 **致张兆和**

三十一早

三三：

我还是在烛光下来报告一下未尽事情，先叙事，后抒情。

脚已好，是照昨天不知谁说的擦白药好，试用点点，果然一夜即好。走路已轻松松不费事。不过如此一来，买菜事大致就派定我了。庄子文章中有才与不才之喻，正与眼前事合，若走不动，大致到午时还是可吃饭，不会无菜的。

晚上作了个梦，一家人在什么一个小店半途中候车，每家大门都关得严严的，且不见一个人。到后许久才找到旅馆、车站……比真实还烦心，就醒了。落了小雨，知了也刚醒，黄鹂还待醒，还像在作梦。记起二十三年末在湘水中游扁舟一叶大清早在烛光下为你写信情形，如果有机会两人同坐那么一回小船，你一定也会终生不忘记，且保留下无数动人豁目印象，尤其是背景，有色有声的背景，那才真是画，是诗，是梦！我得重写一本书。

花裤人上午进城，恐怕因落雨而延缓。果然落了雨，声音逐渐加大，如打在船篷上。小妈妈，我真像是还只和你新婚不到三个月！城里可落了雨？我担心小龙是早早出城，会成小落水鸡。从城中带回的胡萝卜红大头都十分得用。糟豆腐更得用。佛手头还不曾吃。

雨声环境虽如画如诗，我应当记数的，还是今天得办煤油半斤，菜油一斤，酱油半斤或一斤……家里的“小京油”可不得用作替代。从这里我悟出一点真理，作魏晋人物得要个“经济”条件，以及比经济更重要的“不关心”条件。我不在竹林君子数内，极有理由。且必然完全放弃这个。还是让我们从梁鸿孟光作起，比较合理。雨越落越大，这个信得结束，不然也会同样延长下去。

从文

1949.01.28　致沈从文

二哥：

你可知道你走以后家里来了些什么人？上午清华有一位胡先生，带来思成和应铨给你的信，下午来了王逊，谈起南开解放以后的一片太平气象，甚为兴奋，已不复是上回那份疑虑神色了。他还替南开转来之琳划我们的十五块美元，当时我没有留下，我想既然之琳快回来，他一定需要钱用，可是我觉得对南开方面面子有点难堪，不知道这么办是不是合理，王逊说，他们不懂道理也该让他们难堪一次。

午饭后不多久摀和便来，一坐下便唉声叹气，愁眉苦脸，怨天尤人，几次提到刘××，想邀来吃年饭，我没有搭碴儿，你想我哪有心情招待外人！后来中和来了，说起你一路情形，说起见到思成一家人，你们一同吃饭情形，我想到你在那样朋友环境中精神兴致都会比较好，我也高兴了。这一阵我为你情绪不安宁心情也异常紧张，你能兴致勃勃的回来，则对我也正是一种解放。接着小老爷也到了，他一个人耐不住寂寞，赶来城中过年，最后来的你道是谁？原来是以瑞，于是十八号暂时喧宾夺主成了张氏天下了。以瑞还带来一个可喜的消息，以瑛已到天津，在天津战事尚未完全结束以前即到天津，现在《天津日报》（即前《民国日报》）资料室工作，忙的很，苦的很，但精神好，人也胖了，以瑞说她一礼拜以后要来北平看我们。你缺少什么托便人带信来，多休息，多同老金、思成夫妇谈话，多同从诫姐弟玩，学一学徐志摩永远不老的青春气息，太消沉了，不是求生之道，文章固不必写，信也是少写为是。

1949.01.29 **复张兆和**

小妈妈：

我用什么来感谢你？我很累，实在想休息了，只是为了你，在挣扎下去。我能挣扎到多久，自己也难知道！我需要一切重新学习，可等待机会。

从

一月

1949.01.30　复张兆和[1]

二哥：

清华园住下还不坏吧？毓棠、梦家、广田想必都已见到，多听人家谈谈也好，免得流于空想。

我头脑已完全不用了，有什么空想。

今天盛澄华先生来看你，知道你已在清华，问我可有什么东西给你带去，我一时却来不及，虽然很想带点黄油来。傍晚瑞芝来，信同黄油都托他带了。朋友们都关切你的健康，为了不使人失望，你应该多照料一点你自己，

1．此信宋体部分为张兆和信。

关切我好意有什么用，我使人失望本来已太多了。

我照料我自己，"我"在什么地方？寻觅，也无处可以找到。

你值得为朋友，为更多的人活得更健康一些！这种身心两方面健康的恢复，别人无能为力，只有你自己的意志力才能恢复他。这应该不太难，你试试看吧。

我"意志"是什么？我写的全是要不得的，这是人家说的。我写了些什么我也就不知道。

徽因这一阵身体还好吧？你们过年想必很热闹，这里昨天照例人来人往拜一天年，今天平安了。昨天小老爷带的信可曾收到？有什么事你写下来，等有便人便带给我，临时写信怕来不及。家里一切如常，有中弟以瑞陪伴我，你可以放心。

天气好，清华园住下来想极舒适。城里略觉沉闷，孩子们都不让出门。

给我不太痛苦的休息，不用醒，就好了，我说的全无人明白。没有一个朋友肯明白敢明白我并不疯。大家都支吾开去，都怕参预。这算什么，人总得休息，自己收拾自己有什么不妥？学哲学的王逊也不理解，才真是把我当了疯子。我看许多人都在参预谋害，有热闹看。

你应该理一次发，洗一个澡，问问瑞芝看。

这有什么用？

有信也可交瑞芝托便人带城，我极希望能知道你这三天来的心情和对事事物物的看法。希望你能有一个乐观的看法。

三

一月卅日

小妈妈，我有什么悲观？做完了事，能休息，自己就休息了，很自然！若勉强附和，奴颜苟安，这么乐观有什么用？让人乐观去，我也不悲观。

《蜘蛛蜘蛛网》是××的文章。

这也参加一个团体来讽刺，来骂，来诬毁，这就是你们的大工作。

棉毛内衣一件是你的，中和弟二三日内回校，你换了衣服托他带城来洗。

衣洗不洗有什么关系？再清洁一点，对我就相宜了？我应当离婚了。免得累她和孩子。

小妈妈，你不用来信，我可有可无，凡事都这样，因为明白生命不过如此。一切和我都已游离。这里大家招待我，如活祭，各按情分领受，真应了佛家所谓因果缘法。其实真有人肯帮助我是给我足量的一点儿。我很需要休息。这对大家都不是坏事。一个柔和结尾，有什么坏。

金隄、曾祺、王逊都完全如女性，不能商量大事，要他设法也不肯。一点不明白我是分分明明检讨一切的结论。我没有前提，只是希望有个不太难堪的结尾。没有人肯明白，都支吾开去。完全在孤立中。孤立而绝望，我本不具生存的幻望。我应当那么休息了！

我十分累，十分累。闻狗吠声不已。你还叫什么？吃了我会沉默吧。我无所谓施舍了一身，饲的是狗或虎，原本一样的。社会在发展进步中，一年半载后这些声音会结束了吗？

1949.02.01 复沈从文

二哥：

王逊来，带来你的信和梁氏贤伉俪的信，我读了信，心里软弱得很。难得人间还有这样友情，我一直很强健，觉得无论如何要坚强地扶持你度过这个困难（过年时不惜勉强打起笑容去到处拜年），我想我什么困难，什么耻辱，都能够忍受。可是人家对我们好，无所取偿的对我们好，感动得我心里好难过！后来王逊提起另一个人，你一向认为是朋友而不把你当朋友的，想到这正是叫你心伤的地方，说到你人太老实，我忍不住就淌下眼泪来了。我第一次在客人面前落了泪，过后想想很难为情。王逊走后我哭了一阵，但心里很舒畅。

听说徽因自己也犯气喘，很希望你能够振作起精神，别把自己的忧虑增加朋友的忧虑，你的身体同神经能在他们家里恢复健康，欢喜的当不止她一人。想想有许多朋友为你的病担一份心，多么希望你忽然心胸开朗，如同经过一个梦魇，修正自己，调整自己，又复愉快地来好好使用你这副好头脑子的！真正有许多朋友，担心你会萎悴在自己幻想的困境中。如像老金，奚若先生，老杨，王逊，小朋友如金隄、曾祺、李瑛，怎么才叫大家如释重负啊，你信上给我说的话，你要兑现的。

小老爷坐了学校卡车来，吃一餐饭就要原车回校，我信也来不及写，东西先交他带去，明天中弟回校，再由他带这个信和安眠药。城内已安定勿念。

兆

二月一日

多散散步好。要中弟陪你理一次发洗一个澡吧，换了衣服交中弟带来。

1949.02.02 复张兆和

小妈妈：

已苦了你十五年，现在还要来度这个大关，我心中实在不安。这是我个人的事，与你无关！我们吃的亏是活该的，不是别人派的。我们既活在一个大城市里，就不免有这么一天，这么一次，以及明天更大的灾难。这就是“人生”！这也是“道”！一切齐齐全全，接受为必然。我在重造自己。

莫再提不把我们当朋友的人，我们应当明白城市中人的规矩，这有规矩的，由于不懂，才如此的。闻今天××还来看你，我想得到你无话可说情形。这个人走后，想起来看你恰恰是侦察你，可能又哭了。

“我们要在最困难中去过日子，也不求人帮助。即做点小买卖也无妨。”你说得是，可以活下去，为了你们，我终得挣扎！但是外面风雨必来，我们实无遮蔽。我能挣扎到什么时候，神经不崩毁，只有天知道！我能和命运挣扎？

从

二日

小妈妈，你的爱，你的对我一切善意，都无从挽救我不受损害。这是夙命。我终得牺牲。我不向南行，留下在这里，本来即是为孩子在新环境中受教育，自己决心作牺牲的！应当放弃了对于一只沉舟的希望，将爱给予下一代。

1949.04.06 致张兆和[1]

四月六日晨七时

清明节已过去了。又是一天新的开始。在晨光中，世界或社会，必然从一个“常”而有继续性中动着，发展着。我却依然如游离于这个以外，而游离的延续，也就必然会带来更多的缠缚。可是我始终不明白我应搁在什么位置上为合宜。我似乎已失去这个选择力，又似乎根本还对于自己和环境缺少认识。过年以前，我是什么，能作什么，对于一个新的时代还可有点贡献，仿佛都还清清楚楚。置身于目前情况中，似乎什么都混乱了。一面头脑犹若保持对工作的正常与

1．此信摘抄自作者日记。

清明信念，相信在任何新社会中，犹可为下一代将知识经验和热情贡献出来。然而另一面，应付由于头脑混乱发展而成的无条理的现实，却如一团乱丝，毫无头绪。迫害感且将终生不易去掉。这个错综是由戏剧式排成的，非我应得的。即为惩罚我这个矛盾的错综，这时节与其住到这么一个地方，还不如被送入狱，在劳役与学习中，心地还比较容易清明。这么一种继续，对我改造即了无实益。我也许应停止了思索，因为无当实际。

昨杨刚来带了几份报纸，可稍知国家近一星期以来的种种发展。读四月二日《人民日报》的副刊，写几个女英雄的事迹，使我感动而且惭愧。写钱正英尤动人。李秀真也极可钦佩。这才是新时代的新人，和都市中知识分子比起来，真如毛泽东说的，城里人实在无用！乡下人远比单纯和健康。同时也看出文学必然和宣传而为一，方能具教育多数意义和效果。比起个人自由主义的用笔方式说来，白羽实有贡献。对人民教育意义上，实有贡献。把我过去对于文学观点完全摧毁了。无保留的摧毁了。搁笔是必然的，必须的。

从这几篇文章中，让我仿佛看到一个新国家的长成，作家应当用一个什么态度来服务。这一点证明了延安文艺座谈记录实在是一个历史文件，因为它不仅确定了作家的位置和责任，还决定了作家在这个位置上必然完成的任务。这一个历史文件，将决定近五十年作家与国家新的关系的。上期有萧参著《坚决执行文艺为工农兵的方针》一文，可惜没有见到。从推想说，一定是对当前和未来能完全配合得极密切的。

从报上看，知道南京投降代表已来。投降是极合理的结论。用和平方式，如北平情形，可减少许多不必要的牺牲。

唉，可惜这么一个新的国家，新的时代，我竟无从参预。多少比我坏过十分的人，还可从种种情形下得到新生，我却出于环境上性格上的客观的限制，终必牺牲于时代过程中。二十年写文章得罪人多矣。

给我一个新生的机会，我要从泥沼中爬出，我要从四月五日《进步日报》辛群一文中的认识，对于一个知识分子的弱点和种种过失，从悔罪方法上通过任何困难，留下余生为新的国家服务。我需要这点机会。衡量全生命过程，我应当还可要求在一切试验和斗争中，即在狱中苦役，看这个国家发展，也心悦诚服。

六日上八时

在每个笔录上，我应当先写上我生活工作方式的错误和忏悔。

到目下我似乎已没有权利向新的社会自择职业工作的事实。我只有接受，羞辱和更大更多责难。即或是有部分出于我惩罚以外，我还是得接受。为的是三十年工作，除了在个人工作方面，还见得性格上的坚韧，和克服困难、抵抗挫折的勇气与强持，使之达到一个相当水准。至于生活意识形态，实于社会进步无助无益。也可说正代表旧社会一种病的形态。从群的观点言，如仅看病的一面，我在任何方式下都可以毁灭。从国家另一观点言，得许我在任何一种严格教育下，来求新生。我必须为一个新国家作一点事！我要新生，为的是我还能在新的时代中作一点事。

我的笔似乎得停顿了，因为接触的全是幻念。社会容或在幻念中有个轮廓，而一切动与变，却在个人幻念以外。我应得沉静等待我能得的一份。这时节最相宜的，不是头脑思索继续思索，应当是手足劳动，为一件带生产性工作而劳动。劳动收得成果，两顿简单窝窝头下咽后，如普通乡下人一样，一睡到明。天明以后，再来劳动。在手足劳动中，如在一个牢狱工厂参加木器家具生产，或小玩具生产，一面还可提出较新设计，我的生命也即得到了正常的用途。至于什么文化或其他工作，那已不是我能有份参加，得让更多体力健康头脑清醒的人去从事，我能有机会于小小天地中看看这一切进步，已为幸运中幸运了。

我的生命似乎在转变了。我理会到这个过程。我的教育已浸入生命深处。我有了新的信心，对当前的主宰有了深的信心。生命似乎得到了调和与清明。看事明白多了。我得接受他人给我的死亡或新生。我的幻念即依然尚保存于一个活活的头脑里，我将用到另一方面去，不在个人问题上缠绕了。

我应当看看，因为生命已回复正常，有勇气和他们谈谈，听他们谈谈将来计划和发展了。

我似乎已得回了我。用这个我来接受牺牲，或接受新生，都坦然泰然的。一个人的生命教育有如此一个复杂过程，是任何人想不到的。宋儒言“明理”，由禅附儒，作成一种书生气的人生哲学，说来说去一篇胡涂账，比废名诗还不易理解，因为少一个条理明白的解说。惟属于自省，可能有些发展情绪经验是由一个过程，由胡涂，自蔽，以及一切性格上的矛盾，经验上的矛盾，理欲上的取舍，经过个人一个相当长时期清算和挣扎，终于明澈单一，得回一种新生。这过程是相当复杂辛苦的。

到这种明澈为我所有时，我觉得我对一切，只有接受，别无要求了。

我应得从一个人起始，不是从个特殊人起始。我应放弃了一切既得权利，将余生来生产点对人有益工作，即劳役终生在一个永远失去自由的环境中，苦役终生，接受时已毫无不平了。因为为实现一个新社会，已有万千人死亡牺牲！在这么一个社会中，我只是一个平常人，活得才有意义的。

我生命似乎已回复正常，再不想自己必怎么怎么选择业务或其他。只在希望中能用余生作点什么与人民有益的事。我的教育到此为止，已达到一个最高点。悲剧转入谧静，在谧静中仿佛见到了神，理会了神。看一切，再不会用一种强持负气去防御，只和和平平来接受了。我谢谢一切教育我改造我的人，虽然付出的学费可能是死亡，我觉得付出也是应分了。总算是读了书，虽然一切实在神经错乱中继续。

我心中这时极慈柔。我懂得这是明白了自己，也明白了自己和社会相互关系极深的一种心理状态。我希望能保持它到最后，因为这才是一个人。一个革命志士殉难时，一个无辜善良为人毁害时，一个重囚最后时，可能都那么心境慈柔。“大悲”二字或即指此。

从此以后，对人再无防御机心了。生活虽犹在旧方式中，生命已完全改变了，完全改变了。

这种“神经再生”教育，到今天为止，已告一个段落。新的教育方起始。或更严酷，或稍柔和，总之，是一个起始。这是必然的。

红楼梦已醒了。宝玉在少数熟人印象中，和国内万千陌生读者印象中，犹留下个旧朝代的种种风光场面，事实上，在新的估价中，已成为一块顽石，随时可以扔去的顽石，随时可以粉碎的顽石。这才真是一个传奇，即顽石明白自己曾经由顽石成为宝玉，而又由宝玉变成顽石，过程竟极其清楚。石和玉还是同一个人！

阳光依然那么美好，温暖而多情，对一切有生无不同样给以温暖和欣欣向荣的焕发情感。我却行将被拒绝于群外，阳光不再属于我有了。唉，多美好的阳光！为什么一个人那么热爱生命，恰恰就不能使生命用到一个与世谐同各遂其生的愿望下，将生命重作合理安排？为什么就恰好到这时节在限制中毁灭？

在阳光下，一切人都那么得到正常的发展，劳心或劳力，都若有希望在前引向上。让我生存来讴歌这个新的时代的秩序，岂不是比促我毁灭为合理？但想想，促我毁灭的岂不是我自己疯狂？

在这一点上，我深深理会了“希望”和“绝望”两个名词的意义。生命存在，总还把希望保存。有希望，也就有一切改造的新生。如绝望，那就什么新生都为不可能了。对于人，我的希望已不知应寄托于什么，方能实证；对于神，又仅仅是一种抽象，在当前时代实已毫无边际可达岸上。奇迹从何产生？我将等待下去。我明白了“等待”二字具有什么意义。因为过去生命过于飘忽，浮浮于人事表面，对于这些字真可说不曾认识，到目前，可真正明白了。我心中很平静慈柔。记起《你往何处去》一书中待殉难于斗兽场的一些人在地下室等待情形，我心中很柔和。

听到隔院笑语和哭泣，哭泣声似从一留声机片上放出，所以反复相同，而在旁放送者笑语即由之而起。人生如此不相通，使人悲悯。

上十点

阳光如此美好，给一切以活力和新生希望。凡有生似乎都还可以在希望中新生。那个片子似乎即我疯狂时的呼嚎。奇怪。

我究竟是在什么位置上？

我如还可以希望一种自愿的处罚，应当请求去颐和园作一名工人，打扫园子，看守什物，在一种卑微工薪中接受唯有自己觉得是应受的侮辱和鄙视，直至于死。这才是真正完成了一个人离群应受的惩罚！这惩罚比起死亡实在还重，为的是让受罚者明白过失由生命离群而起。一离群，什么都可能或必然。倒是这种自贬，反而为不可望！因为这似乎还是离群的心情，人无从离群。

看看院中明朗温润阳光，想起在阳光下一切人的欢乐与活动，心中柔和之至。正和二十七年前北来时住在会馆中相差不多。那时等待新生，还充满了青年人纯洁向上心情，生活即陷于完全绝望中，犹能忍受一切挫折和寂寞，等待下去。那时节北平百万市民，对我是完全陌生的，一切门都若关闭着，一切心都各自为其生活上的问题而作计，和我全不相干。二十七年过去了，面临到一个当前现实。一切关系那么熟习，熟人那么多，相熟问题又那么复杂，相互有关为不可分。事情本为莫须有，可是从戏剧导演上，又把一个神经病患者引入更深神经混乱，不知如何自处，而对于我，却同样只能等待。我应当有机会一面去颐和园作工人，一面将剩余时间来把它全部写出，唯有从这个记录来裁判方为公平。

在任何情形下我总是善良的。这从二十年每一个接近我的人也能保证的，为什么会陷入到这么一个发展和结论中？

五年前在呈贡乡居写的《绿魇》真有道理，提到自己由想象发展，尝尝扮作一个恶棍和一个先知，总之都并不是真的。真的过失只是想象过于复杂。而因用笔构思过久，已形成一种病态。从病的发展看，也必然有疯狂的一天，惟不应当如此和时代相关连，和不相干人事相关连。从《绿魇》应当即可看出这种隐性的疯狂，是神经过分疲劳的必然结果。综合联想处理于文字上，已不大为他人所能理解，到作人事说明时，那能条理分明？

十一点过

院中格外静。我头脑也清楚多了。我还在被摒斥的发展中。似乎随时可以死去，还听人说要杀我一百刀，奇怪，我不怎么害怕。

我想去想来，实在没有自杀或被杀的需要或必要。恐怖因子不是个人过失，还是其他方面人事不叶，游离于群以外过久所致。现在方明白离群形成的效果和自读书受的暗示。半年前还正和朋友提到，十余年前后门住处旁边，是一神经病院院长住宅，这人因研究神经病，竟成神经病而卧轨自杀，引为受暗示混乱一例。家乡说迷信，少女落洞而死，中年女人成巫，老年女人作蛊，我也能解释得极清楚，知道这是一个地方性的神经病。自高与自卑心理相互纠缠不清时，即必然会有这个发展。我如今恰恰就在一种神经混乱中，演出巫蛊兼少女落洞三种心理过程的悲剧。我明白了。但是究竟明白什么，还是想不明白。

我要新生，在一切毁谤和侮辱打击与斗争中，得回我应得的新生。我有什么理由今天被人捉去杀头？这不是我应得的。

从文

六日上午十二时将近

计四页

1949.09.20 **致张兆和**

三姐：

你和巴金昨天说的话，在这时（半夜里）从一片音乐声中重新浸到我生命里，它起了作用。你说："你若能参军，我这里和孩子在一起，再困难也会支持下去。"我温习到十六年来我们的过去，以及这半年中的自毁，与由疯狂失常得来的一切，忽然像醒了的人一样，也正是我一再向你预许的一样，在把一只大而且旧的船作调头努力，扭过来了。音乐帮助了我。说这个，也只有你明白而且相信的！

我似乎明白了一点，也从那一切学习了更深的人生，要有个新的决定，待和你来商量了。我要照你所希望去为"人"作点事情。目下说来也许还近于一时兴奋，但大体上已看出是正常的理性回复。正如久在高热狂乱中的病人，要求过分的工作，和拒绝一切的善意提议，都因为是还在病中，才如此。这时节却忽然心中十分柔和，十分柔和，看什么都极柔和。这里正有你一切过去印象的回复。三姐，我想我在逐渐变了。你可不用担心，我已通过了一种大困难，变得真正柔和得很，善良得很。

我看了看我写的《湘西》，上面批评到家乡人弱点，都恰恰如批评自己。想起昨天巴金、萧乾说的，我过去在他们痛苦时，劝他们的话语，怎么自己倒不会享用？许多朋友都得到过我的鼓励，怎么自己反而不能自励？我似乎第一次新发现了自己。写了个分行小感想，纪念这个生命回复的种种。我已觉得走了好一段路，得停停了。我常告你的话，你不相信，这么一来，你会明白我说的意义了。一只直航而前的船，太旧了，掉头是相当吃力的！

有个十分离奇情形，即一切书本上的真理，和一切充满明知和善意的语言，总不容易直接浸入我头脑中。压迫和冷漠，也不能完全征服我。我曾十分严格的自我检讨分析，有进有退，终难把自己忘掉，尤其是不能把自己意见或成见忘掉。可是真正弱点是一和好音乐对面，我即得完全投降认输。它是唯一用过程来说教，而不以是非说教的改造人的工程师。一到音乐中，我就十分善良，完全和孩子们一样，整个变了。我似乎是从无数回无数种音乐中支持了自己，改造了自己，而又在当前从一个长长乐曲中新生了的。

我一定要使你愉快，如果是可能的，我要请求南下或向东北走走。

人不易知人，我从半年中身受即可见出。但我却从这个现实教育中，知道了更多“人”。大家说向“人民靠拢”，从表面看，我似乎是个唯一游离分子，事实上倒像是唯一在从人很深刻的取得教育，也即从“不同”点上深深理解了人的不同和相似。你若不信，大致到我笔能回复时，即可一一写出来。我实在应当迎接现实，从群的向前中而上前。因为认识他们，也即可在另一时保留下一些在发展中的人和社会，一一重现到文字中，保留到文字中。这工作必然比清理工艺史还对我更相宜，因为是目下活人所需，也是明天活人要知道的。就通泛看法说，或反而以为是自己已站立不住，方如此靠拢人群。我站得住，我曾清算了我自己，孤立下去，直至于僵仆，也还站得住。可是我已明白当前不是自己要做英雄或胡涂汉时代。我乐意学一学群，明白群在如何变，如何改造自己，也如何改造社会，再来就个人理解到的叙述出来。我在学做人，从在生长中的社会人群学习，要跑出午门灰扑扑的仓库，向人多处走了。我已起始在动，一种完全自发的动。这第一步路自然还是并不容易迈步，因为我心实在受了伤，你不明白，致我于此的社会因子也不会明白。我的动，是在成全一些人，成全一种久在误解中存在和发展的情绪，而加以解除的努力。

我要从动中将一切关系重造。人并不容易知人。十余年来我即和你提到音乐对我施行的教育极离奇，你明白，你理解。明白和理解的还只是一小部分，可不知更深意义，即提示我的单纯，统一我复杂矛盾而归于单纯，谧静而回复本性。忘我而又得回一个更近于本来的我。或许它作成的，还是一种疯狂，提高自大和自卑作成暂时的综合或调和，得到的一种状态。但是，它有用处，因为它是比自我检讨与分析所永远得不到的总结，而音乐却为清理出了个头绪。

三三，你理解到这一点时，我们就一同新生了。

我需要有这种理解。它是支持我向上的梯子，椅子，以及一切力量的源泉。

二哥从文

三十八年九月廿午夜

川鄂梦话

1951.11.01　致张兆和

1951.11.1　下六时

三姐：

船今天已入峡，一切使人应接不暇，动人之至。孩子们实在都应当来看看的，真是一种爱国教育！这时约二点钟，过不多久即要到一个重要峡内。已过清冷峡，兵书宝剑峡，新滩，秭归，巴东。昭君村和屈原宅也过了，屈庙可和历史的应有情形不大相称，不过如一个普通龙王庙矗立于半山岨而已。江水到此已不宽，前后通是山，水在山中转，有些地方似乎不到廿丈。水急而深。船一面行进一面呼唤，声音相当惨急。两山多陡绝。特别好看是山城山村，高高吊脚楼，到处有橘柚挂枝，明黄照眼。小湾流停船无数，孩子们在船板上船棚上打闹。一切都如十分熟悉又崭新陌生。因看峡景

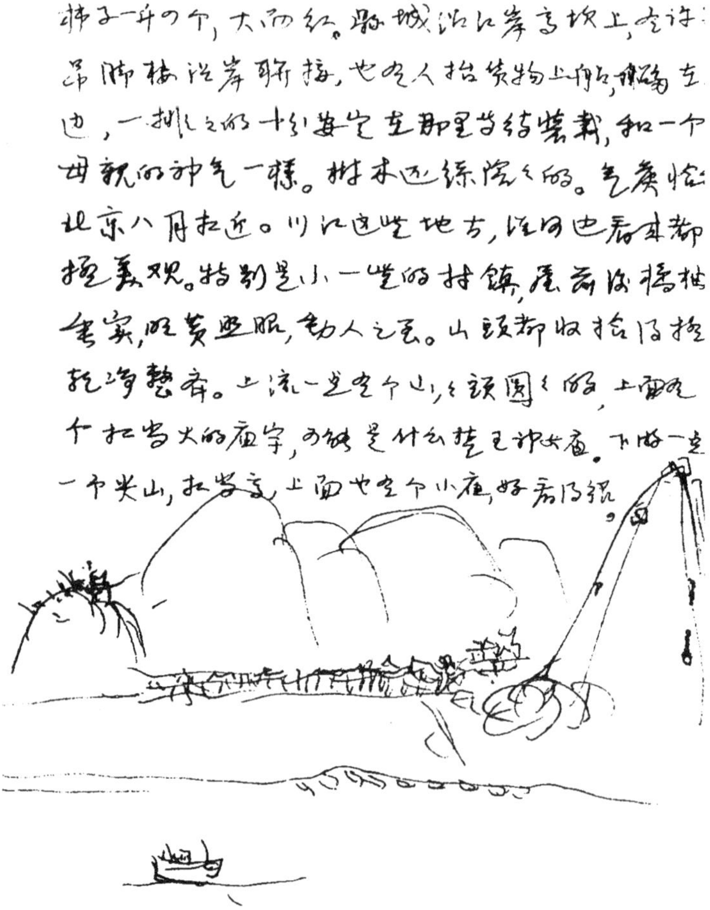

柿子一斤四个，大而红。县城沿江岸高坎上，全许
吊脚楼沿岸联接，也有人抬货物上船。船多在
边，一排排的十分安定在那里等待装载，和一个
母亲的神气一样。树木还绿阴阴的。气候恰
北京八月相近。沿江这些地方，住的也看来都
极美观。特别是小一些的村镇，屋前后橘柚
累累，照黄照眼，动人之至。山头都收拾得极
干净整齐。上游一些有个山，山头圆圆的，上面有
个相当大的庙宇，可能是什么娘娘神女庙。下游一些
一个尖山，相当高，上面也有个小庙，好看得很。

圆头山、村落及船速写　从文绘

大家即停止学习一天。水窄处还不如沅水，两山有些地方也不如沅水山之秀峭。特别是水流黄浊浊的，壮而旷悍，和沅水清绝透明不同。过神女峰，秀拔直上天际，阳光强烈，因之斑驳白赭相间，特别美观。下五点左右泊巫山县，小船卖橘柚的，多拢船边，用小兜网揽生意。柚子一千两个，橘子一千四个，柿子一千四个，大而红。县城沿江岸高坎上，有许多吊脚楼沿岸联接，也有人抬货物上船，船多在河边，一排排的十分安定在那里等待装载，和一个作母亲的神气一样。树木还绿阴阴的。气候恰和北京八月相近。川江这些地方，从河边看来都极美观。特别是小一些的村镇，屋前后橘柚垂实，明黄照眼，动人之至。山头都收拾得极干净整齐。上流一点有个山，山头圆圆的，上面有个相当大的庙宇，可能是什么楚王神女庙。下游一点一个尖山，相当高，上面也有个小庙，好看得很。

同行的大家都靠船边玩。看江景。也有在甲板上说笑话的，吃东西的，写信的。船上约定不许上岸，因此大家不上岸。其实能上岸看看，是有好处的，有教育意义的。照我理想说来，沿江各地，特别是一些小到二百或不过三十户的村镇，能各住一二月，对我能用笔时极有用，因为背景中的雄秀和人事对照，使人事在这个背景中进行，一定会完全成功的。写土改也得要有一个自然背景！可惜不易得那么一个机会。四川人自己呢，又日日生活在此山中，却从不料想到理解到这是了不得的好背景。不知道一切人事的发展，都得有个自然背景相衬，而自然景物也即是作品部分！

过三天可以到重庆，闻将分发泸州附近，也是长江边，我希望可以到那么一个江边小村中去工作。但是也希望不要因为自然景物太好，即忘了工作的重要性。

在船上文件学习，越学越感个人渺小而无知。必需要十分谨慎的从领导上学习处理工作，方可少犯错误。一面从工作的方式中，也看出国家必然在此谨严步骤中逐渐推进，得到异常迅速进步，三五年后社会将完全改观的。川江给人印象极生动处是可以和历史上种种结合起来，这里有杜甫，有屈原，有其他种种。特别使我感动是那些保存太古风的山村，和在江面上下的帆船，三三五五纤夫在岩石间的走动，一切都是二千年前或一千年前的形式，生活方式变化之少是可以想像的。但是却存在于这个动的世界中。世界正在有计划的改变，而这一切却和水上鱼鸟山上树木，自然相契合如一个整体，存在于这个动的世界中，十分安静，两相对照，如何不使人感动。

江上在这时已起了薄雾，动人得很。可是船上学画的，作曲子的，似乎对这一切都视若无睹，都似乎无从和他待进行的工作有个联系，很奇怪。其实这个江城这个时节的全面，一和历史感兴联系，即是一非常感人的曲子。我如会作曲，在心中泛滥的情感，即必然在不甚费事组织中，可以完成一支曲子。

这里也有另外一种曲子在进行，即甲板上的种种谈话，玩乐笑语，和江面小船上的人声嘈杂，江边货船上的装货呼唤，弄船人的桨橹咿呀声，船板撞磕声。另外还有黑苍苍的大鹰就江面捕鱼。一切都综合成为一个整体，融合于迫近薄暮的空气中。

我似乎十分单独却并不单独，因为这一切都在我生命中形成一种知识，一种启示，——另一时，将反映到文字中，成为一种历史。

这时节船尾有上煤小船挨过，船上水手杂乱歌呼，简直是一片音乐，雄与秀并，而与环境又如此调和，伟大之至，感人之至。

天渐入暮，山一一转成浅黛蓝，有些部分又如透明，有些部分却紫白相互映照，如有生命，离奇得很。更离奇处即活在这个环境中人都如自然一部分，毫不惊讶，毫不离奇，各自在本分上尽其性命之理。

船又来了，蓬蓬蓬蓬的由远而近。

二哥

1951.11.08　致张兆和

1951.11.8 号下 4 时内江县

三：

今天下午二时半到了内江县，是川南大地方，出糖和橘子，有文化，多知识分子。大地主可能也格外多。地方有文化，也有文物。为了文物，我可能要在土改后看些东东西西！水名沱江，大如沅水，清而急，两岸肥沃无可比拟，蔗园橘子园都一山一山连接。这几天橘子还未下，一片一片金星。土地之厚，除山东胶东所见，实在无可比拟。工作大致即在此县或邻县。一出来，心中即只有一件事，放下包袱，去掉感伤，要好好的来为国家拼命作事下去，来真正作一个毛泽东小学生。因为国家实在太伟大了，人民在解放后表现的潜力，无一处不可以见出。共产党在为人民作事工作上，也实在是无所不至。许多地方减租反霸中已把封建武力和土豪特权打垮。许多地方人民都站起来作了主人。年青人更加可爱。到路上，有些穷人听说我们从北京来，都说是“毛主席关心穷人，天下穷人是一家”。这句话不仅表示人民信赖，实在还是无可比拟的力量！我们活在北京圈子里的人，见闻实在太小了，对于爱国主义的爱字，如不到这里地方来看看，也是不会深深明白国家人民如何可爱的。三三，要努力工作，你定要努力拼命工作，更重要还是要改造，你还要改造，把一切力量用出来，才对得起国家。要对工农干部更虚心的学习，对学生特别热心，国家实在要所有工作干部，都如此来进步。

从荣昌、隆昌过身，听小买卖老太太说，大户地主都看管起来不能动，孩子们在外讨吃，坏的都枪毙了。有田到三千亩的，穷人却十分正直，勤劳，而极端穷困。这一来，穷的都翻了身，不同了。一个快七十岁的老太太，到荣昌时来卖咸蛋，一天赚二千。是个村长的妻子，家中十一口人。翻了身，分地主房子六间住。种棉八十斤称模范。和我说了二点钟，一面揩眼泪一面说，说毛主席关心她们，天下穷人是一家。我也试作宣传一番，我们说话彼此都懂，昨晚谈得她把生意也忘做了，今早又来谈，还一定要知道我名姓。我欢喜她得很，因为说到许多话都极动人，特别是身子小小的，瘦瘦的，和我外祖母神气一样。头上戴的绒帽是从地主家买来的，衣也是得来的。她还说：“我把四个孩子盘大，两个作干部，做什么都成。过去送东西到地主家时，地主说‘你臭，站远点！赶快走！’我就赶快走。这一来，毛主席关心我们穷人，我们不怕那些地主了，官司也不用打了。不久要分地，我让儿子媳妇种，我在家煮饭养猪。”可爱得很，因为说话神气同意见，都是我挺熟的。三三，只要我支持得下去，我一定会要为这些苦难人民再用几年笔的。我还不下乡，只一点滴已教育了我，再不能不改变自己，来为这个新时代拼命努力了。

我们住处名什么大厦，住二楼，两人一房间。很静。过三天，可能即得迁到一个贫农家去住的。我如到一个老太太家住，一定极容易合得来。我试了试用她们能理解的意思语言和她们谈话，还有办法。在中站，又和几个年青的铁路服务员谈天，其中还有些女的十六七岁的，还带得有《工农儿子》小说，谈得也蛮好。换句话说，我在群中很可以作个宣传员，或文化教员。我一定要努力作去，把工作做好。

体力支持得住，心情却有时回复不易支持。五天来天气都阴沉沉的，到了内江忽然晴朗起来，心情也开朗多了。但是我知道，一定要到村子里去工作，才算是工作起始。要从乡村工作锻炼，自己也才能够在思想上真正提高。目下说来，处处还是小资的自私自利思想，个人打算，而且是幻想多而不切实际，受不住考验的，我要从工作实际中改造自己。能将工作完成，所得必然多。因为可以眼见一个阶级的抬头翻身，和随之而来的社会的变化！

这地方出糖，所以蜜饯甜得少见。一来招待即是这种甜蜜饯。

这里正有几千解放军在建新房子，一所所极好看的房子在平地生长，动人之至。成渝铁路也是他们修的，已到内江，每天有工程车，也附带卖票，三四个月后，可能即已可全程通车。服务员多年青人，精神很好。汽车路大部分是和火车路平行的。这里是重庆和成都之间一个大县，去自流井也极近，只四十里，我想如分到自流井工作也好，因为背景都是有文学性的。自然景物很美，特别是土地生产力之厚，实在感动人。如此一个好地方，四十年来都被官僚地主支持的军阀弄得乱糟糟的，这一来自然什么都不同了。汽车多用酒精，这里酒精是造糖副产物。所以沿路汽车也多得很。

我离开北京十五天了，看到的人事和景物都是一生未见也未能想象的。一定要离开北京，才能够明白我们国家，是在一个如何空前变化中！是一个如何伟大发展中！

孩子们和石妈好。大家好。

从文

十一月八日下五时

这么学习下去，三个月结果，大致可以写一厚本五十个川行散记故事。有好几个已在印象中有了轮廓。特别是语言，我理解意思，还理解语气中的情感。这对我实在极大方便。

我一定要来作个鼓动员，在乡村中是这样向人民学习，写出来也只是交还人民。

这里竹椅子都是宋代款式，低坐高后靠，如明清版画常见的，这里还一律保存。到处都有竹子，都用竹子，惟将来有可能还会把它的效果提高些，致用也更广大些。这是天生一种比任何材料还经济而轻便结实的东西！回来如方便，我可能想办法为石妈和革大那个老同志各带一张竹椅来。这几天总想起革大那个老同志，手似乎在解冻，有个半天空，也许就可以把他用三千字画出来了。我许过了愿心，要为他写个短篇的。一写保还生动，因我看了他十个月，且每天都和他在一块蹲蹲或站站的。他的速写相在大厨房和斯大林画同列在墙上，合式得很。素朴的伟大，性格很动人的。但是也正是中国农民最常见的。

1951.11.13 致张兆和

三姐：

今天已经十一月十二，我离开北京十七天了。学了不少，只觉得个人无知而渺小。国家在天翻地覆中重造，一切都在一定计划中进行，而做得十分有条理。困难处总是慢慢的来克服，来安排。从土改报告之具体细致处，更见出国家前途实无限。人民的生长，也说明人民文化的生长为必然。我从学习中对自己工作稍稍回复了点信心。我要为人民再工作十年。

几天来，深深觉得个人在城市中胡写二十年，和人民脱离之无一是处，痛苦之至。旧知识分子除了书本知识，什么都是孤陋寡闻。特别是政治，即从书本上也无知。但是总是关在房中主观抽象的写，写来写去，越失工作本来意思，误人兼误己，真是只作成自己一个大包袱，不知从何处放。

在革大时，就作计划，体力稍回复，头脑能得用时，第一个短篇当写写我们大厨房的一个炊事员老同志，在此费了三天剩余空闲，抄了个三次，今天居然完成了。一共十页，五千字稍多　点。心脏和头脑都不大受用。和过去写作情形相似，特别是头部，重得很。完成后看看，我哭了。我头脑和手中笔居然还得用。一切写实，素描画似的，解释得还稍多了些，叙事不够。可是从这里也可看出这是一个起始，一回尝试。短篇重设计，观点是人民的，歌颂新的一代的，表现还是城市中知分来看的形式，笔过细。但是这起始，使我理会到两点，一即思想还待提高，到能用笔去处理完全实在的斗争中种种人事；二即体力差得很，工作还是觉得吃重。可能是用的方法还过于吃重。这么写，十天半月一个短篇，一礼拜精神难回复。因为极离奇，即写到这些时，自己也成了那个胖的掌锅，也成了瘦的炊事员，特别是那只花猫，也尽在脑中跳来跳去。那么写不是个办法，写下去，神经当不住。觉得极累，身心脆弱之至。有一点儿喜悦，即为老同志当真画了一个相，相当真实，明确，只是太细，笔太细，不甚相称。特别是转移到虎虎同等文学趣味的读者时，怕得不到应得效果。还得重新来写一回。同一人，用另外方法写。

这里街上作兴用各种铜铁器皿敲出尖锐不同的声音，招呼主顾，刺耳极痛。半夜一来即无从再睡。今天阳光温和，大家听解答报告去了，我因为头不受用，很累，留在住处。一到外地困难的是医药。到处有药房，可不知找谁医。我需要休息休息，可是事实上明后天即得下乡。只希望吃点面，每天上桌子的是相当坚硬的饭，只能和汤吞。下去可能会好一些，因为一般吃红薯，或红薯拌饭。这对我实在合理。地方富，多数人民还是穷，土改政策是正确远大的。

个人真渺小，特别是知识分子，什么都不成。书本知识即再多，无用处，因国家在进行待进行一系列工作，必须是切切实实的此时此地问题，和有关问题的认识，经验，及正确而谨严的数目字。生产与斗争，总离不了些实际知识和材料，我们对这一切实毫无所知。实毫无所知！下乡工作人员都又辛苦又繁重，比起来，我们在城市中的生活，实在近于浪费人民小米，实在即浪费人民小米。三三，为实事求是，我想告你，博物馆的原薪，无论如何要想办法抽出一二百斤来捐献回国家作抗美援朝。这个重要。我将来回来，也要这么作，把写作收入全捐出去。我们只要有一碗饭吃，就很应当感谢国家了，因为国家有万万千千干部，日子都还过得极省俭，工作且沉重十分。我们实在无权利吃好喝好。我们工作还配不上人民要求，特别是我，要从写作中来为国家多做点事。各方面还要打气，特别是知识分子言改造，即到革大一群，也难理会国家明日意义，和当前情形。还要不断提高，自觉自愿的更多方面的把精力用出来。

这时阳光在窗前格外温和，我想起写《边城》第一章时在槐树下情形。同样是秋冬阳光。也想起我们过北九水那个小溪时山上打锣情形。我实在希望趁三年内有机会把我拟写的另外几个中篇故事草稿完成。辰溪的一个特别好，因为有背景。而另一个是常德，全是船只。另外还有三个，凤凰是其一，都有了个轮廓。我意识到，有三个必然可得到和《边城》相近的成功。会写得好的。只要有时间，能在三年内写完成的。我同谁去商量要这个时间？或只有教书才有可能。体力有个限度，特别是头脑，年纪青时不会想到头脑会不得其用的。我应当来把待作的完成它，作品会从人民中受到鼓励的。即继搞工艺史，也得抽出些时间来写它。这些乡村故事是旧的，也是新的，事情旧，问题却新。比李有才故事可能复杂而深刻。也还得把满家《雪晴》以下故事续完，这个作品分章写，本意可作到十五节，比《湘行散记》好，因为正是地主斗争事。一搁下来，什么都不能说，不能作了。我一定要想办法来完成它。要时间，要想法使体力回复过来。四哥的那一个也不曾完成。得续完它。三姐，望努力，多为国家做点事，要多做事。国家太大了，要人作事。

我很想念你们，想念虎虎得很。如来信，大家给我一个信，可寄川南内江县第四区转土改工作队。可能要十五天才收到，太远了。这里离四川成都倒近，只两天时间。我体力不大好，一定得想办法，恐怕还是不宜写短篇，太费生命，吃力得很。我一定要使他恢复过来，你放心。

国家好得很，我要从工作中多为人做点事情的。王正仪住在重庆何处地方？如体力支不住，也许要调回，得在他那里住住。医生人熟方便处多。

宰平先生在我临行那天，曾电告我去不了不去。望便中去看看他，也告一告情形。我不曾另外写信。我很念他。从他的鼓励中，我也同样鼓励过了无数年青人，工作和思想上都站得住，能为人民做事。我很念他。谢谢他。

一出来，我就感到我的无知和无能。只希望转回岗位上拼命作事，再从学习中提高自己。用工作和学习来补补过去工作学习和人民脱节的种种。

我很想念你们，我需要休息三两天，但是明天就得下乡了。到外面来，我才明白体力不济事如何不好作事。

天气温和得很，这里正当秋收秋征，农忙过还得点豌豆蚕豆，土改是在这两个月中进行的。不要念我，要作事。工艺学校要成立，我盼望了几十年有个国家工艺学校，来接受优良传统再创新。我应当来参加这个工作。如成立，就调我回来筹备也好。这个工作问题上，我有些认识，可能对国家还有益，而比有些人看得稍远的。我应分有这个机会来参加筹备，看它逐渐生长壮大。还希望能主持一个研究资料室工作，因为可以把工艺史中几个重要部门理个清楚。也要赶快作几年，体力再一消耗，即不成功了。即有机会来作，有些材料特别是由清代丝织物花纹来作唐宋丝织物的比较工作，就不大容易作了。

想起这一串待作的工作，我就十分痛苦。我们国家对于这些事，已耽误了四十年，许多事已来不及搞了。现在作来已相当困难费事了。特别是新的美术史，老一代过去后，新一代实在不大好赶。我得来为国家做点事。但是，现在从何说起？

我给丁玲一个检讨文章，不知她交什么刊物发表，是否发表。如在报纸上，就寄给我一份。这次回来写，一定还要深一些。知识分子真是狗屁，对革命言，不中用得很。而且一脱离人民，渺小得可怕。罪过之至。因为什么都不知，什么都得说，但是毫无意义，和人民真正问题实千里万里，即如过去的社会调查，如清华、云大两系工作，就全是枝枝节节，一点不切实际的书生工作。而当时三五年的工作成就，现在作来——由人民自己作来，三个月已完完全全弄好了。人民力量之伟大，是只有从经验亲身体会才会理解的。

从文

一九五一、十一、十二

内江县　上午九时

医生看了看，可能血压高些，心脏不大好。我得支持。

1951.11.19—25 致张兆和

一九五一．十一．十九—廿五　内江县四区

兆和：

寄的信应当可以收到，但是总得廿来天日子了。昨托寄《老同志》一小文，抄过了四五次，不怎么完整，还落实而已。在事情行进中，言语中，还要多一点，解释还要删节点，就对了。这是我工作学习的起始。要从学习中得进步的。也测验得出，素朴深入，我能写，粗犷泼辣，还待学习。写土地人事关联，配上景物画，使人事在有背景中动，我有些些特长，也即是如加里宁说的，从土地环境中引起人对祖国深厚情感（必须有情感才能表现情感的）。至于处理人事机心复杂种种，我无可为力。今天已十九，我离开北京三个多星期了。这三星期和新事物的接触教育，只有一种感想，即终生来为人民的种种在生长的方面而服务。少拿点钱，多做点事，用作多久以来和人民脱节的自赎。看看这里干部的生活俭朴和工作勤苦，三姐，我们在都市中生活方式，实在有愧，实在罪过！要学习靠拢人民，抽象的话说来无用，能具体的少吃少花些，响应政府节约号召，把国家给我们的退还一半，实有必要。如北大还不即要我们搬，务必去和张文教同志商量商量看，拿一半薪已很多。余捐献给抗美援朝去好，还公家好。我相信你是能理解也能就情形作到的。和这些干部比起来，我实无资格用国家这个钱！我们不配用国家人民那么多钱的。你若来看看人民的苦处，即明白了。

这里工作照一定程序进行。过几天秋征场面即可展开，也是最后一次向地主秋征。因为下月土地一变，田地关系一变，秋征方式也即大不相同了。对于当地社会，能接触到的，还是点点滴滴，但即点点滴滴，贯串起来即有个具体印象，对于我教育意义，是终其一生有影响的。特别是日日同在一起的本地土改村中干部，在本质上，心情状态上，言语派头上，工作方式上，都给了我极深而好印象。特别是在这么一个瑰异突出的自然环境背景中，我的综合学习，得到的东西，已多过住云南八年的。一定要反映到新的工作中去的。笔如还有机会能用，还有点时间可以自由支配来用，会生长一点东西的。这正和过崂山情形一样，给你一种预约，保证有些东西已在孕育中，生长中，看不见，摸不着，可是理解得到。因为生命中有了一种印象，一种在生长，发展，虽如朦朦胧胧，经验上却极具体的东西。要的是自由处理的时间，没有它，什么都完事，一切空话。有了它，这一切在生命中保有的东西，恰和粮食种子撒到这地方的土地中情形一样，生长成熟是常态，而抑郁萎悴倒是变质。同时也希望体力能支持得下去。特别是脑子和心脏，待回复本来，不能再恶化下去。头已不大得用，我得支持。因为我明白，有些工作对人民还有益。对人民革命和社会向前，特别是保留历史过程中最生动一个环节，土地改革，过去、当前和未来，我还要好好工作几年，也能够用笔做点事情。我爱这个国家，要努力把工作和历史发展好好结合起来。

昨天饭后天气好，独自出去走走，到屋后高处悬岩边去，但见四野丘陵连亘，到处是褐土和淡绿色甘蔗林相间相映。空气透明，而微带潮润，真是一片锦绣河山！各处山坡上都有人在点种豌豆，远处人小如米点，白布包头蓝长衫，还看得清清楚楚。每个山坳或悬岩绝壁间，照例都有几户人家，一片竹子林，杂树林，在竹木林间扬起炊烟，田埂间有许多小孩子和家中瘦狗在一齐走动。山凹间冲里都是水田，一层层的返着明光。有些田面淡绿，有些浅紫。四望无际天边渐渐漾成一片青雾。一切温和静美如童话中景象，一切却十分实在。一切极静，可是在这个自然静默中，却正蕴藏历史上所没有的人事的变动。土地还家，土地回到农人手中，而通过一系列变动过程，影响到地面上每一个人，以及每个人和其他另一个人的关系。一面是淡紫色卷耳莲在山顶水坝中开得十分幽静，塘坝边小小蓝色雏菊，和万点星野黄菊相映成趣。一面却是即只五岁满头疥癞的小孩子，挑了小小竹箕去捡狗屎，从这个水坝过身时，见了我们也叫“土改同志”，知道是北京毛主席派来帮穷人翻身的。你想想看这个对照意义多深刻。一面是位置在一个山顶绝崖上的寨子，还完全保留中古时代的风格，另一面，即在这些大庄子和极偏僻穷苦的小小茅棚下，也有北京来的或本地干部同志，在为土地改革程序而工作。三，这对照太动人感人了！特别是一群活在这么一个历史画中的人的活动，竟没有人注意到这个历史性的变动如何伟大稀有，凡事如平常，更使我感到一种奇异。不知为什么，在那个悬崖上站着，竟只想哭哭。那么好一片土地，万千人民却活得不可设想的贫苦，现在已起始在变动，……这一来，虽不曾去过四哥住的新旧圩子，得不到大圩子印象，但是把四嫂的叙述和这个景象一结合，有些东西在成熟，在生长，从模糊朦胧中逐渐明确起来。那个未完成的作品，有了完成的条件。给我时间和健康，什么生活下都有可能使它凝固成形。大致回来如有一年时间可以自由使用，会生产一个新的东西，也可能是我一生中仅有的作品。即把这里背景移到四哥故事中去，把这里种种和鼎和活动对照起来，一种米丘林式的移植法，在文学，如求典型效果，必然是特别容易成功的。你如记得到《边城》的生产过程，一定会理解到这个工作的必然性。要的是自由时间来完成。要体力支持得住才有办法。

我们住处是个大糖房，地主高百万家。糖房已废，地主改住一小偏房，原有正屋改成了乡公所及土改队住处。听郭政委说："这种地主当时照例养了七八条恶犬，家有盒子炮七八支，平时乡下人过路也胆战心惊。收买甘蔗时照例先不付钱，等几个月再付，借款还蔗过大再二。"这地主家还有秘室，墙上有窟窿收藏金银现货，挖出了些，其余墙上可能还有更多的收藏也未可知。房在山顶弯里，地势极好。门前即一冲水田，一级一级盘旋而下，树木蓊郁，环抱幽深。房子四周是竹子林，本地人名王竹，慈竹，其实即湘中洋竹。因为这种软竹子用处特别多，相约不许动笋子。用处多，生长容易，一切编织物通通用得到。也即是四川古民族神话的象征，“竹王生于竹中”，只有这种竹子可以当之。样子和呈贡乡村李家门前的那丛一样，不同处是这里格外多而大。房子前的水田杂树，特别是小竹林，都和电影戏剧特别是中篇小说所需要背景相合，在透明潮润空气中萧疏疏的。房子中侧屋连接糖房锅灶，侧屋堆糖用两大木桶，高约八九尺，大亦相等，可容百石糖，加上大方石柱子，大门栏，一切是粗线条，在戏剧布景中是天然的，非常突出着眼，而又有极强烈效果。工作的糖房，闻日夜动工，经常有六七十人工作，四个牛换班拉碾子，日用蔗过万斤，出糖千多斤，地面还铺上甘蔗叶免伤牛脚，一切光景实在动人。我希望去住三五天，因为工作人员多是村农会中干部，土地斗争也即在那个地方展开。

我就在这个高百万的旧院子中，和几个本地干部谈长短经。黄昏前，来了些看病的女人（因新设一医疗处，有中西医各一），两个老妇女拄拐杖穿尖头钉鞋，从田塍竹林间来，走得极慢，从大石栏板间后屋进去。一个女孩子，长得干干的，披了一头散发，从前门走进。医生正在吃饭，这女孩子即在院中坐下来和我谈话。姓徐，无父母，二十岁，依娘娘为生。成年不成熟，如北方十三四岁，这里人大都如此：

“大家做事大家吃，有什么做什么，有什么吃什么。种了十二箩挑土地，挖红苕新收六挑，八千文一百斤，留下不卖。种了点牛皮菜在土埂上。收粮食即拿去缴公粮。家中养了一只母鸡，冬大不生蛋。养了两只兔子，花二千五百文从场上买的（用手比那么小小的），小得很，到了两斤重，抗美援朝捐献了一只，选大的捐。”说到这里时笑了许久，很快乐。“要打倒美国鬼子我们才有好日子过。毛主席知道我们，要我们好好生产，选劳模。大家好好生产，吃一样饭，做一样事，过几年就好了。现在不同以往，往天乡保欺压人，地主坏，不讲道理。现在大家一样，当了家，讲道理，眼眉清楚，人好都说好。我过三天就要到甘蔗地去做事，八斤米一天，一个月二百四十斤米。也累人，人多做起来好。三顿饭。要趁这一个月做，糖房已起搞，人多好热闹，夜里点大洋灯做，好热闹……我住互助村，来耍喔！我要走了。医生说药要明天吃。”

天已快夜，拿过药，当真就走了。就是从梯田小径，甘蔗林长在悬崖边，和一簇小房子竹子林间——弯弯曲曲小路走去。到家还有三里路，有些路一面还是高壁悬崖，下插数十丈下面还是水田，路又极窄，到家大致也黑了。理应还拾了些莴苣叶去，因为门外倒了许多老莴苣叶，兔子可欢喜吃莴苣。一切都那么善良。生在那么一个沃壤间，长年劳动竟吃不饱饭。生在那么一个平凡寂寞环境中，日子过得那么单纯，贫苦，却有一只亲手喂大的兔儿，捐献给朝鲜的战士，为了打美国人。为了国家。这是一种什么伟大情感！我们想想看，应不应当自愧，应不应当为他们工作终生！这个人已活在我生命中，还必然要生活在我的文字中。我一定要为她们哀乐来工作的，我的存在也才有意义。好些方面，这些人的本质都和我写的三三、萧萧、翠翠相似，在土地变化中却有了些新的内容。

天当真已夜了下来，侧屋里有几个农会干部围在灯下唱小本书。这地人极奇怪，平时说话多用唱歌尖喉，一到唱歌时反而用说话平喉咙。一切极静，可是就在这个时候，凡有人家处实在都在动中。为土改进行程序而动，少年会，老年会，妇女会，知分会，自新会，富农会……没有一个人闲着，一切脑子也在动。这就是历史，真正的历史。一切在孕育，酝酿，生长。现实的人和抽象的原则，都从这个动中而结合，发展，向一个目标而前。我在其间也随之而前。我的学习和工作，和其他同行似乎都稍稍不同，在派定工作上，可能是个不及格的附员，如村干说的书呆子大饭桶，但是把这个历史的点和面重现到文字中时，可能是一个不太坏的工作者。为的是这一切都教育我，启迪我，感动我，也支配了我。不过这一点我可不好向谁去说，没有人理会到的。大家一定以为我是个对事不关心不热心的人，是个旁观者，是个　　可不知一切事在如何空气下进行，发展和动变，我都一律十分关心而且异常倾心。和我常坐对面一个村干，我和他话说得极少，他的报告问题时的神气，内容，态度，以及其思想，报告中特别长处和小小弱点，在戏剧中和小说中应当如何不同表现，才有充分效果，我都熟习之至。但是我什么都不向他说。我好像一点不和他亲热，话说得极少。

什么事都是生动的，新鲜的，而又可以用各种不同形式反映到绘画和音乐中的。是一切创造的源泉。只要有时间，什么都可以重现出来，必然得到很好效果。因为什么都极新，但是人的贫困却是从有阶级社会以来的老封建制度。

同行中也有作曲子的，住在相去三里一个村子里，隔二天即可见见。和我谈起以为来到的地方没有音乐。如指普通歌唱，本地人真是奇怪，统不会唱歌。凡是湖南、云南、江浙人民开口有腔有调的长处，这里都如被历史传统压力束缚，无个生长机会。言语多清越可听，只是不会唱。可是一个习乐曲的，如习到了家，从一般文化中理解文学、美术、哲学、绘画……兴致特别高，广泛有认识，有兴趣，则在这个地方，必然可由转移方式，得到极多的教育。丘陵起伏连亘中的自然景象，任何时看来都是大乐章的源泉，是乐章本身！任何时都近于音乐凝固成定型后一种现象，只差的是作曲者来用乐章符号重新加以翻译（必伟大作曲者才有可能），一到春天且必然更加流畅活泼而充满青春的魔力。很奇怪，即这一切对于一个作曲者反而视若无睹。这也可见中国更新的作曲家的训练培养，可能得给一点新的关心，得换换方式。必从一般文化教育提高，方可能从自然中启发那个创造的心。必有一个创造的心，方能从自然中看出复叶与谐和。在土地草木天光云影中即有一切旋律和节奏。这是一种相当艰难的工作，但是也是唯一有希望的工作。不知从万象取法，从自然脉搏中得到节奏感，绝不会有伟大乐章可产生的！

这里正是入冬天气，鸟已稀少，但半夜清晨间或在林中的鸟声，依然极动人。从早上极静中闻竹雀声，和四十年前在乡下所闻如一，令人年青回复，不敢堕落。只觉得生命和时代脉搏一致时的单纯宁静。人事的动和自然的静相互映照，人在其间，实在离奇。尤其是我处身其间，创造心的逐渐回复，十分离奇。党文件中常说为工作而忘我，我似乎稍稍有了些理会。

附近糖房已开工，丘陵间甘蔗林到处有人在倒蔗。本地人不管学的是什么，艺术或文学，都司空见惯，平常之至。其实这里包含了一切艺术的源泉，各种稀有元素的综合，特别是有历史性的，空前绝后一次。工作者多为村干，工作的目的且联系到下一月的土改斗争思想教育，生产和爱国教育。碾子日夜转动，人和牛都分班工作，糖锅一连串的日夜沸腾，大小坛钵几千，原料堆积如山，成品堆积如山——在这种有声有色的发展中，贯串了阶级斗争最激烈的一段，太动人了。我知道，一切感动并不能即成一切作品，但它却必然是一切作品的媒触剂。一切作品的成长，爱和恨的成型，都得通过了它，才有可能鲜明而具体的成为文学和艺术。文艺座谈的重要性，也唯有从这种具体事件，具体环境的发展中，深入一层体会，能印证而得到正确深刻理解。

我们在这里，有三个人各带了一册毛选来。在一张桌子一盏清油灯下同读，也是件极凑巧难得意外事情。各有所得，各有体会，但是又有一点儿完全相同，即对于这个历史文件深一层认识。三个人平时是不易在一处的。一是北大哲学系郑昕，工作团团长。一是查汝强，北京市党部科长，工作团秘书长，和周小平神气相似，才廿六岁，十五岁即工作。一个是我，身心都还脆弱得很，一点不懂政治，却深深明白文学和历史结合，和人民事业结合，和某一阶层结合，用何种方式来表现，即可得到极高政治效果。而读毛文选时，且更多的联系到近三十年社会和现代史的种种变化与发展。正和过去十七年前，与马思聪、梁宗岱三人同听音乐一样。三个人听了七小时的悲多汶等全套曲子，同是一双耳朵，却各有所得，各有影响。思聪从作曲者，指挥及种种器乐的独奏过程上，领会了许多我们不易学习的东西。宗岱得的音乐史中一些欣赏印象，一些在客厅中可以增加谈风的东西，也可能得到些文学思想上的东西。我呢，在直接方面似乎毫无所得，但间接，转化，却影响到此后的一些工作，特别是几本书，一些短篇，其中即充满乐曲中的节奏过程，也近于乐曲转译成为形象的一些试验。但理会到这点，可说不出。这时在读这个历史大文件，也和当年听乐曲一样情形。会生长一些东西的，会影响到此后工作十分具体明确的。

这里土地景象给人的印象很是奇怪。不见到即难于想象。还有更离奇事，即许多同来的人，有好些是初到南方的，都视为平常自然，少惊奇感。对于那么好的土地，竟若毫无感觉，不惊讶，特别是土地如此肥沃，人民如此穷困，只知道这是过去封建压迫剥削的结果，看不出更深一层一些问题，看不到在这个对照中的社会人事变迁，和变迁中人事最生动活泼的种种。对于这片土地经过土改后三年或十年，是些什么景象，可能又是些什么景象，都无大兴趣烧着心子。换言之，也即不易产生深刻的爱和长远关心。任务完毕可能即一切完毕，无所恋的离开而去。这种对于新事情的发展和变化少长远关心，也很是特别。都爱农民，都盼望把工作作得好些，都充满勇气和信心来求完成任务，但任务完后，大致是不会把这地方所得印象，占据生命多久的。似乎是因近三十年教育的结果，有些情感被滞塞住，郁积住。又似乎因教育分科，职业分工，这些情感因过去和学业和职业的现实需要都不合适，在适当年龄中不曾好好培植过，也即始终不能得到好好发展机会，而逐渐使这类机能失去作用。又似乎这种对一切有情的情形，本来即属于一种病态的变质，仅仅宜于为从事文学艺术工作者所独具，而非一般人应有的。因此大家虽若活在如此伟大历史发展中，对历史却无多大兴趣。活在比目前任何文学艺术更复杂、丰富、生动历史过程中，背景中，节目中，却居多人与境合，人境两忘，缺少感觉。在半路一个地方时，同队的大家邀出去看看村市，无处不可以由询问知道问题，年青人却以为村中无一可看，赶回住处去看土改小说，看他人写的短篇。真是不好说的一种现实，然而即这种现实也就动人之至！

天气如好些，体力也稍好些。饭吃得硬过平时所能抵当，不好另作，还是浑吞咽下。每顿大致是胡萝卜为主菜，切丝削段必加点豆瓣酱。脚板苕或萝卜作汤，牛皮菜素炒。也多少加点辣酱，另外一小碟酱油加辣酱。等级在中大灶之间，前些日子一千八百文一天，近些日子加到二千四百文。天气冷，做饭烧柴也占消费中相当大数目。有时不吃汤，即用米汤当主要饮料。这是组中的上等伙食，如下村同志，吃的只是红苕拌饭，牛皮菜。是目前贫雇农一般情形。这些人真如毛文所说，不仅身体干净，思想行为都比我们干净得多，长年极劳苦认真，活得想象不到贫困，孩子们大多长年赤脚，家中屋漏找块瓦也得不到……三，要想办法实事求是，我们来共同学习少拿国家一点钱，少拿人民一点钱，多做一点事。

我一天可有点时间到山顶上去看看，好像是自由主义游山玩水看风景，不会想到我是在那个悬崖顶上，从每个远近村子丘陵的位置，每个在山地工作的人民，从过去，到当前，到未来，加以贯通，我生命即融合到这个现实万千种历史悲欢里，行动发展里，而有所综合，有所取舍，孕育和酝酿。这种教育的深刻意义，也可说相当可怕，因为在摧毁我又重造我，比任何力量都来得严重而深远。我就在这个环境中学习逐渐放弃了旧我，变得十分渺小，虚心。奇怪得很，一到那个悬崖上看到远近山村，和更远一点一个山顶悬崖寨子时，我眼睛总是感动得湿蒙蒙的。我真正接触了封建，真正接触了人民，我体会得到，我的生命如有机会和这些人事印象，这些见闻，这些景物好好结合起来，和这片沃壤美丽自然背景中的山村悲惨人事变动结合起来，必然会生长一片特别的庄稼，字数可不必如别人那么多，只要有六万字到十万字，即可形成一种不易设想的良好效果。一面是仿佛看到这个庄稼的成长，另一面却又看到体力上有些真正衰老，受自然限制，人事挫折，无可奈何的能力消失。在悬崖间绝对孤独中体会到这个存在时，更深一层理会到古来人如杜甫等心境。我常从一条条小小田埂沿着崖边走到顶上去，山比跑马山还高，泥土和蘸过油一样潮润，问本地人才知是大黄土，不大上庄稼。沿崖边不过留路一尺，满摊着新拔的红苕藤。一到顶上，即有天地悠悠感。各个远近村落，都有我们同队的人在工作，三天有一部分可见到。表面上我和他们都如有点生疏，少接触谈笑，事实上生命却正和他们工作在作紧密的契合，而寻觅那个触机而发的创造心。只要有充分时间，这点天地悠悠感即会变成一份庄稼而成长，而成熟。但是这个看来十分荒谬的设想，不易有人能理解，能相信的。

世界在动中，一切存在都在动中，人的机心和由于长期隔离生分，相争相左得失爱憎积累，在长长时间中，不同情感愿望中，继续生长存在的，彼此俨若无关又密切联系，相激相宕形成的不同趋势，是和风甘雨有助于这个庄稼的成长，还是迅雷烈风只作成摧残和萎悴？没有人可以前知。我常说人之可悯也即在此。人实在太脆弱渺小。体力比较回复时，我理会得到，新的历史的一章一节，我还能用文字作部分重现工作，因为文字的节奏感和时代脉搏有个一致性，我意识得到。如果过去工作有过小小成就，这新的工作，必然还可望更加成熟，而有个一定深度，且不会失去普遍性。为的是生命已到了个成熟期。特别是对于人的爱与哀悯，总仿佛接触到一种本体，对存在有了理会，对时代有了理会。但是同时也不能不承认，身心都脆弱得很。从文学史上过去成就看作者，似乎更深一层理解到作品和作者的动人结合。作品的深度照例和他的生命有个一致性。由屈原、司马迁到杜甫、曹雪芹，到鲁迅，发展相异而情形却相同，同是对人生有了理会，对存在有了理会。我已尽了极大努力，来把工作能力和工作信心恢复，要它和人民历史发展结合，来向年青一代学习，并为他们而工作。向人民学习，为他们而工作。

要尽可能把工作和国家明天结合起来。因深深明白工作应当是为什么，而能作到又是什么。但是也得承认自然的限制，一个拆散重拼合的机器，体力一用到某种程度下必然的结果。

到这里什么都学，从每一个人学，从看牛的学，从极小的孩子生活情况学，从极琐琐生活生计里学理解他们，也从新的觉醒意识理解认识他们，但是，在应行的工作上，我不过是一个不称职的属员而已。眼睛不好，跑夜路已不济事。上山即更糟，和云南时有些日子相同。在想办法克服。要克服。实在不济事，工作总还是要进行下去。时代既日日向前，自然不可避免即衰老者毁灭，而青春健全的大踏步而迈进。

从文

一九五一、十一、廿

今天已廿五，离北京一个月了。这一个月学得真不少。

看有人从北京寄信来，只十二天，快信寄。如来信，可作航或快信。快信大致还妥当些，打听打听好。告告这一月大小事情。信寄川南内江县第四区转土改工作团，可以收到。

要努力为国家多作点事。这里村干有十多岁的，大都能干得很，生活朴素，精神饱满，和他们比，我们不中用之至，必须在工作上来补足，才对得起国家。

这里土地几乎无处不可以生产，也无处不为人使用到，可是一般生活实在穷困得很。生产剥削重要机构是糖房，为直接榨压人民血汗对象。每年开工时榨的虽是甘蔗，其实即是农民血汗。糖房现在已由农民用合作社方式共同管理，生产收购也从公议决定。近日来各处都已开始动手熬糖，到山顶上去看看，远远近近到处有烟子扬起，分配得十分平均，照例是就生产区三五个小山头弯弯里必有一个高烟筒，烟雾上升甚高，很动人。特别是明白了这个地方过去和当前，并理解到未来人民自己作了主人以后生产的发展，从这个烟雾中，是会更深一层明白国家将来的，也会更深一层理解为人民服务，是要不断提高的。如理会得到这种生产过去，是包含了多少年多少农民终年辛劳挖泥挖土，几几乎有十个月不离开田地，到收成时再把它来送到糖房，经过许多手续，才有机会运到大都市去供人消费，而生产者孩子想吃点糖也不可能，居多即一年四季油也不吃，我们会再也不好意思费糖了。孩子们现在的节省，是要受鼓励的，他们很对。特别是龙龙，如也参加过一次土改，可以更好的教育虎虎。

昨晚上在一个牛栏里听三个妇女诉苦，诉本地土财主的苛刻和家庭婆媳间种种，比左拉、高尔基叙述的都直接得多，空气也特别得多，如读生书，又如温旧书，特别是温旧书意义深。因为在对照中更多理会过去所见农村种种，写到的都不深入。立场不正确，观点不正确，得不到要点。

1951.11.30 致张兆和

1951.11.28 内江第四区土改工作队

兆：

寄的信想必可以收到。昨天的信是快信，可能十二三天就收到的。这里一切真如战争，秋征明天起始，有百十万斤粮食入仓，男女老幼一齐得动员，二三天即得办好。人力伟大可见。还有一堆任务，都是几天内得完成的。所有人民都在动中，三天后且得进入二阶段工作中，全是有历史性的行动，却压缩到三四天内完成。糖房各处在开工，各处日夜有石碾子转动，糖水汩汩向石沟中流，五六口大锅沸腾糖汁，大几千大坛装满糖汁，百十人忙来忙去，一个月忙的结果，就有几千万斤白糖在半个中国各处流去。人力的动员如此伟大，个人处身其间，不免越来越感觉渺小。昨信说，我们要响应抗美援朝和节约号召，把薪金退还些，或捐献，或存储些实在有必要。我每月拿四百即已太多了!!! 要从这些切实方面来爱国家，接近人民。个人必须共同来苦几年，享受在后，工作加多，才算得是爱国家，爱领袖。你若看到人民的情况，工作干部的生活情况，一定会明白我们那么作，是十分正常合理的。也是十分必须的。要和他们一样爱国家!

天气阴阴沉沉，一身衣装上了身，还是极冷。看报上说寒流已到了华北，孩子们可能手套都上了手。在报上看到老金一文章，写得很好，也老老实实。可是对新的时代实在还未透，如参观一回土改，即可能不同许多。如见到他时，劝他想法参观一次。只一个月。影响一个人的思想，必比读五本经典还有意义甚多。有许多文件，如不和这种工作实际结合，甚至于就看不懂，懂不透。如见常风，也要劝他想法参观一次。对一个人生命有重要变化，是必然的。

这里有和龙龙年纪一样大小，在乡下工作得极好的。有些还是女孩子，两脚泥浆，却在滑溜溜小径上奔走如飞。有部分是小学教员，也比城市中教员能干得多。都是中国真正的基本。村子中因无学校读书，必到大乡去，有每日来回得走廿里的。长年如一。这才真正是新中国的人民！看一看，就可知道在大城市中工作者还应当如何努力，才配合得上国家需要了。要更如何积极努力来工作，才配合得政治需要及国家明日发展。

人在组织中动员起来时，实在是不可想象，也只有在工作实践中，才能够深一层理会。住处一小时前还有卅个人集会，工作一布置，都散到各村子里去了，院子中只厨房一年青炊事员在劈柴，一女干在电话中叙杂事，静得离奇。全个院子都静得离奇。出去看看，全个地面也如静静的，一点儿声音没有。可是每个小村子中人家里，都为了秋征，为了抗美援朝，为了选模，为了土改，在作各种准备。三天内一乡村中即有近百万斤粮食入仓，其他活动且将影响到全国经济和抗美援朝。你们在北方吃的糖，说不定即有从这些内陆丘陵地一个糖房中的生产品。如眼见到这些糖的直接生产者，多年来如何受压迫剥削，种了一生的甘蔗，一年想吃三五斤糖也不可能，就可知我们生活到这个新时代，过的日子还是太奢侈了。一般住在城市中过日子，说靠拢人民，理解人民，都还是相隔甚远，要改造得更具体些，工作得更勤勉些，才对得起这些人民。即教国文，教那些新的作品，也只有亲眼看到乡村是什么，乡村又如何变，才能批评新作品，理解新作品。特别是写翻身农民故事，和土改故事，不亲自经验，实在不易理会。如不是很多方面的理解农民，即这次下来工作二三个月，也还是不大知道，不易写出的。特别是对于他们的爱，要知道得深，才反映到文字时有力量有情感。

头总是不大好，笔记许多事记下来都极有用，可是一记到相当长时期，即无法继续。弄了些药，未见好。得了瓶酵母维他命，吃过不少，无效果。下村到组上去工作，必走夜路，小田坎上跑来跑去，我无可为力，只能留在村中听汇报。点上糖房只是单独一户，经常虽住有一二十人，还是静得离奇。五天上场听报告，分住各处的可见见面。场即云南街子，和呈贡县城大小相差不多。老婆婆摆小摊子卖花生鸡鸭蛋，抱个烘笼守在摊子边打盹，和永玉作的木刻完全一样。许多人家湿湿的屋子里，都有老婆婆在纺棉纱，声音低低的。小孩子即在旁边竹凳子边爬。小小官药铺照例有穿长衫子手执水烟筒的老板，在柜台里吸烟，膏丹丸散，去寒退热，生意相当好。且必然是本村一个知识分子。小饭铺多在场头，照例有挑箩筐的歇憩，吸烟，吃饭时有辣子萝卜丝。

看到这一切，和我生命似乎有些感触相会，和他们谈话时也比别的人更亲切。但某一点极理解，某一点却如隔着一层东西，我似他们可不是他们。爱他们可不知如何去更深入一点接近他们。生活一面理解得多，愿望也理解得多，但是却难于叙述他们。可能因为是冬天，气候过冷，见不到老太婆的笑。前天上场去买了双草鞋，一个老太婆一面为我编串草鞋耳襻，一面笑笑的看我问她这样那样来回答，我明白她们似乎更多了一些。特别是静默时的生命，是种什么形式，过去认识的和当前的还一样。这种发现使我异常痛苦，也格外沉重。我懂她们，却因此吓怕起来了。即手中笔如果还能好好用几年，来写她们时，将是一种多沉重的工作！实在太沉重了。平凡、单纯，活在一个不易设想过程中，哀乐的式样，我都那么熟习！兆，生命还得用时，我要为她们努力使体力回复过来，我要为她们来工作一阵，生活即困难也不妨事，要把手中的笔重新拿起，为她们的苦难和垂老生命中的一线春天——她们也都在为抗美援朝而捐献——来工作下去。

兆，一个人，如真正理解到另外一种人的生命（灵魂）式样时，真是一种可怕的沉重，我一定要来好好重现到文字中。我似乎起始理解到自己的笔是个什么，误用了许多年，都不过是浮在人事表面上，习惯形式上，无目的无计划的浪费，现在才起始意识到一种责任，一种叙录真的人民的责任。我看到苦难的一面，又看到新的生长的一面，我看到这些东西，却进而要来重现这些东西，为了这一种责任，我不免有点茫然自失，因为头和心脏都已经用旧到了一个程度，要进行的工作，却必需要一个铁打的身子和青春生命方能承担。生命不得其用，可惜得很。

11.29 下五时

天气明朗了一会会，又被灰云罩住，阴阴郁郁的。不怎么冷。开了整天的会，吃过饭，从泥滑滑小路大伙儿都到了场上，从孤立村子转到龙街子似的大村中。我一来即和三个同志坐在一个旧戏台上，村子里陆续有人民代表来到，在下面集中，有背孩子的，挑烧柴的，挑红苕的，还有扛了一个老柳树根来的。三四天大会中，多各自携带吃、喝、烧的来，有的还挟了一大捆稻草，当作卧具。我们住戏台上，一切如三十年前所见戏台，也是在稻草里睡。街上橘子八百一斤。小面馆照例有卤得黄黄的猪头肉、猪耳朵和尾巴，等待主顾下酒。面五百文一碗，一口气可吃四到六碗，作料可相当多，面特别细。点的是满堂红油灯。卖面的娘子，在摊子旁包饺饵，头包白布，小小的，十分善良，一切和四十年前所见一样。

北来的人正在为明天会场作布置，点的还是油蜡烛。戏台建筑还是穹窿顶，在建筑术上是古典的，涂金雕花都相当讲究，特别是设计，很像个样子，比一般新式舞台合乎观众要求。天已黑，满院子有人声，都在参与历史中一件大事，也创造新的历史，但是谈的却是秋征捐献和大会种种。人都活在历史中。我这时即在牛油烛前，人人都为明日的大会而忙着。身边是各个村子中的男女贫农代表走动。随后即分组到贫农住处去（下用稻草，上用谷簟铺好，纵横住了两百人），十六个大组，漫谈生世，从八岁起说下去，各组完毕，已到十一点。再一汇报，已十二点，就蜷在戏台后楼上一角稻草堆中睡去。半夜中听打更锣，情境特别。到五更，各处有鸡叫。天未明楼下说话声音喁喁咿咿，低而沉。天明后，听到磨坊打筛声音，可以知道这个小小村镇已在动中。街口铁匠铺的炉火，也一定已有熊熊火光扬起，且有叮叮当当响声。今天赶场，七百人口的场中忽然增加到三千人上下，可知日用物品的交换，必然相当热闹。八点左右街上场面已展开，官药铺柜台抹得干干净净，卖肉的占了街上主要地位，一大块大块肉挂在黄铜钩子上，打扫得白蒙蒙的，等待主顾。清油价到六千（有的竟要八千），肉价不过三千，有的卖二千八，所以肥猪肉是乡下人主要兴趣。但能吃的人还是比较少数。这几天正值下甘蔗熬糖时，有劳动力的收入都增加，且值秋收，秋征，交换物资也比较频繁。场子上也还有人用破洋瓷脸盆，装了五寸长大鲫鱼，上盖菜叶，搁在街边屋檐下出卖的。也有卖兔子卤肉的。有卖霉豆豉的。有抱了绿头公鸭（和抱孩子一样，用布包着）上场出售的。有挑了豆壳一大担，在街上撞撞磕磕的。杂货铺的老板，屠户老板，面馆老板，大都如大匠琢轮，不慌不忙的，知道有生意待做。生意特别好，桌面案板特别整齐丰富的，应让街头街尾的饭铺。白米饭已上蒸笼，鸡鱼肉菜都收拾得很好，葱蒜辣椒也准备得十分齐全。地下照例湿滑滑的，因为有卅里内外泥浆带来。

天气转晴，一切都明明朗朗的。看看这里街子，和呈贡街子，和卅年前各种各式街子，使我对中国农村的市集有种奇异的情感，因为极可能从这个情况中可以看出古代村市的情形。大都市在变，小村市如果生产物资交换方式不怎么变，则千年前的村市和当前村市，大体是相同的。也由此可以体会到写古代农村比古典都市容易把握问题。

头总是不大好，心脏影响或由之而来。上坡不好受。吃的已够好，萝卜青菜还有油，但是终日把饭吞下去，加上辣子酱，已起始有些难于消化。有时一吃过即得上路，年青少壮不在乎，我有些当不住。体力受了限制，无可如何。但是要支持下去。

树叶还未尽落。山上各处是绿的。每个山坳上总有个水塘，水极清冽，有卷耳莲生长得极好。竹子在山上生长，都似乎不是为致用而是为装饰效果的。

农村在动中，自然景物那么静，我置身其间，由此动静总似乎在孕育一种东西，只要有时间，即可生长成熟。

这次到乡下来，最得用是棉衣和虎虎的一支笔。衣服很合式。笔可以写极细笔记，且不必为墨水担心。同来的看到这支针尖似的笔都发生兴趣，因为没有一个人的这么细的。虎虎这支笔真有用。我只担心这种信如受水潮湿，会影响到信里。

11.30

开了半天会，累得很，一个人在戏楼后稻草堆边靠墙坐下，耳听到远处厨房切菜声，年青农代笑嚷声，一个人劈竹子声，我和个翠翠一样，心十分孤寂，善良，对这一切存在充满了爱。我似乎稍深一层明白文学创作所需要的一种生命是什么，而和他有了接触。给我时间，就会有生命在纸上呼之欲出。特别是这里农村一种在生长中的生命形式。在这里还有时间把毛选读完，有些注太简，附带参考文献又少，一般人读来不易懂。在这里联系实际来读，特别亲切。

很念小虎虎。特别是一拿起笔来时，就想到他为买笔袋情形。心脆弱得很。从报上见陈波儿死了，可惜得很。东北有些影片成绩在国外也得到好誉，闻多是她领导指导成功的。这里一些年青村干，特别需要看看文学刊物，可不易得到。可试为买几本《新华月刊》寄来，写寄川南内江第四区土改工作队，能收得到。只是收到时间可能太慢，等我回来时再为寄也好。年青工作干部，各有长处，都可敬可爱，且盼望从学习中提高自己，可是一天总是忙。这些人中如好好注意，将来会有许多伟大作品可由之产生的。因斗争经验足用，笔不会用。中国新生作家，如不从这种广大村干层培植，仅靠城市中人和文工团中工作者，实在可惜。这些村干如有二三年用笔训练，眼看农村的变，会有伟大而素朴作品产生的。这是个问题，即告他们如何用笔。

盼好好工作，盼和孩子们身体都好。

从文

1951.11.30 下四时

1951.12.03 致张兆和

兆和：

我们到村子里来开了几天会，推进工作第二步，看发展，理解发展。时代历史统统在计划中而动，自然景物还是十分沉静，对照下使人十分感动。昨天傍晚和一个长征剧中作曲的嵇先生，到个小学校去，看许多年青教员围住嵇要教唱歌，一直到断黑时才离开。这些年青教员，有的还不过十几岁，都一腔热忱的，忍劳耐苦的在教书，一面学习一面克服困难的教下去，大都充满学习勇气和热心，却在物质条件不顺利环境中支持。有一部分还经常住在更小的三家村里去，和土改队一样的过日子，组织儿童，进行村小学的第一步工作。换言之，即有许许多多候补的史瑞芬。一切都是由点到面，各自有各自工作，却共同把历史推之向前。工作平凡，意义实在庄严伟大。但是这些年青人，却不甚明白工作和中国明天发展，有如此不可分割联系的。都素朴的在工作。看到一群群孩子跳来跳去，几个围到破风琴边唱红旗飘飘的村中小学教员唱歌，我想要向他们表示一下尊敬，话却不知如何说。特别是我这么一个受过小学教员好处的人，对于他们工作的理解，对于他们的爱，即说出来也不是他们能相信的。为了他们的工作，也应当写一本新书，来称赞他们，鼓励他们，并答谢他们的。随着土改后还有一系列教育，政治上的，生产上的，以及其他，其中文化教员为下一代的准备，更是极重要的一环。有好些工作且必须由之传达。他们每个人的工作，事实上都比一个城市里的中学教员麻烦琐碎繁重得多！即这一点，我们也待把工作永远怀着一种向之看齐的精神，才对得起时代，对得起人民，和一个真正使国家生产繁荣的广大生产战线上的劳动人民。特别是后者，一下乡就会明白的。

在大会中我们是分组和农代一道吃饭的。只是饭太硬，菜太辣，吃了四顿，消化不了，只好就方便改吃了点面。生活还支得住，吃的过硬，牙不得用，消化力应付不下，不免感到狼狈困顿。长此下去只有体力恶化。但总得支持下去。回到村里会稍好一些，饭吃不下还可以喝米汤的。每日喝两大碗，很得用。

今天到这里街上，又发现一个小酒坛，还是六朝时花样，加上了个宋代瓷常用的富贵双全一类吉庆语，一望而知是老式，问问果然是土财主的。其实还是一千五百年前到一千年前花纹式样。这地方有许许多多东西都是这样，特别是陶器，即小虎虎来也会觉得蛮好的。如方便，想为北大和历博各收一份来，有用处甚多。有些设计即刻反映到新的景泰蓝器物上去，送到国外会为人看成伟大现代人民艺术的。在这里，不过是小饭铺小酒铺子里破烂罢了。我们糟蹋古代劳动人民遗产未免太多了，没有办法。一般说来都还只知道用年画学版画，从拙中学，学得好，很妩媚，泼辣，有生气。但除年画外，有万万千种造型美术都可以学，都不知道学，于是在时代过程中，就糟蹋了。

这里竹编织物，有一种大而轻的露孔箩筐，也是非常得用，设计极好，又极好看，比湘湖江浙制的都高过一等。这种东西其实都值得介绍到国内有竹科植物省份去。一时间恐怕还不会注意到这类事情。如带得回来，也想带些来。美术专门学校或工艺学校，主工艺教图案的人，都需要向之学习。记得北方用的字纸篓，柳条编的，有一个不好的特点，即不稳当，而又容量可怕的少。如改良一下，照这里竹箩来作作，即便利公家机关极大。过二三年，也有可能这些小小乡村里的竹篾编的字纸篓或其他小筐，经过更好的指导，会在东北，在华北，当成一种日用必需品和劳动工艺品为人重视的。乡村小学教员教图画和手工，将来也应当先学后教，教这些实用的生产，且从而提高。到文化高潮来临，才会使城里孤陋寡闻的人发现，乡村文化还有更多可学习的东西，极切于实用，比年画强得多的东西。目下搞乡村教育的人，可不会考虑到手工、图画的。

开会的乡公所是个七百来人家的小村场，并不比呈贡县大，有些方面和龙街竟相差不多。可是过去大致因为经济集中，米和糖市场都相当大，更早些也可能有几年种过鸦片。一个小小乡场，竟有四所庙四个戏楼，看戏的部分，三方面能容大几百人，都设计得极妥贴。戏楼顶且是老建筑藻井穹窿，又收音，又美观。台前木头浮雕也讲究得很。可惜因不会好好保护，近四十年大致还住过兵，又被国民党作过乡区公所，改成学校时照例又是胡乱把石灰一刷，许多极好的木雕人民艺术都失去本色，大半残毁了。老木匠多已不在，要修整，也不大容易了。看到这些戏台，总不免有些难过。如国内各处，都能如北京那么善于利用天安门一样，来就原有的建筑整整，情形会不同得多的。不花钱，反省费。

四川出纸，这里还有小帘蜡花纸，还如明代纸样子。如有机会到产纸区去，一定还可见到更多的东西，有一部分且值得加以提倡或改良，在中国可得极好市场。因为本质好，又有传统优良长处，缺少的就是没有人肯注意。特别是颜色纸张，用处还是广大。这几件事如见到王逊可告他一下。这次我如带照相机，有个戏台建筑照，对于营造学社会有用，即对于新建筑也有可参考处。因为全部设计经济，新型的小学，还有可能值得照样来作的。特别是放映电影，合唱，小型歌舞剧，都可用到。正如太和殿前那个形式，四面通可用，任何一部分并且可以作为主要点，集中三方面视线，远比近代不三不四戏院合理适用！

村场上三天一集，有三四千人热闹，正值熬糖期，一场因之有廿只肥猪交易。平时都静静的，门前有许多老太太纺棉纱，勤快不辍手可纺一两多一个轴子，年纪大都六七十岁了，还终日摇纺车不息，可得二三百元钱。彼此极沉默的，在那些长年湿润的泥地上门限边劳作，车子发声都极轻，不如湖南沉重，我看过十来架这种纺车，并且都和她们谈了会话。想专写个短篇，写这个。本地年青女同志，大踏步从她们纺车前走过去，想到的是材料，发生兴趣的是拖拉机、喷气飞机。本地医疗队工作同志也同样走过去，随身都带些消炎片和止疟丸。北来工作同志，都把小街走得透熟，心中只嘀咕掌握的材料是否可用。没有人理会到这些衰老生命中，还保留得有些什么秘密。工作的方式，实反映着中国村市中千年不变的贫穷和简陋。即在这种种中，还可看到更具体的封建社会把一部分人的生命，如何成为自然一部分，过着如何可怕的日子！同时，她们都知道土改队来了，她们都知道翻身是什么，工作同志可少知道她们，注意她们。

天气还是阴阴的，惟已不如一礼拜前寒冷。衣已全上身，再冷些即只有缩手来保温。告龙龙一下，能把每天报纸寄出来，邮费不太大，就寄一分到“川南，内江县，四区，便民乡，中心小学”，写校长收即成。这里教员对于一分北京报纸，实在大有意义。因为可以知道许多国家事情。也可以鼓起年青教员学习勇气、工作勇气不少。国际主义或爱国主义，通过报纸才可以更具体些来理解来认识。尽管半月上下才可寄到，也难得得很。乡村太迫切需要文化知识了，国家还应当有个统筹计划来注意这种事。政府一时注意不及，还是就个人能作到的来尽点力吧。

这里无人不吃辣子酱，一千二一斤，这两天田地里已种蚕豆，本地说胡豆，明年三五月收成，大多数即用做豆酱。辣子多牛角尖朝天椒，吃来才过瘾。人不问大小全不怕辣，可是问到可敢吃生蒜时，就说：“好辣口，那能吃！”本地紫姜也好。村中婆婆娘娘一熟，都相当会说话，言语清辨，理数分明。生活因分了些清反减租退押果实，比较过去好得多。但因地主自行处理的小土改，有些贫中农对斗争不免以为无可再作。出糖的地方吃不了糖，过去多为地主剥削生产，现已改由联营方式，评商蔗和糖比价，约可多得四分一以上利益。甘蔗因肥料缺少，都长得不过手指大些，且得十来个月，又常要有人下田服侍，所以生产比稻谷费神费本钱，要隔年种一次。提高生产主要或者是政府能有肥料贷款，才可希望真正增产。否则还是不会怎么多。肥料不足，大不了。种蔗制糖人孩子们就终年吃不了糖。

本地人大都吸丝烟。也有人吸纸烟的，烟多从外来。村干和城市文明接触得极近，且透彻熟习的是手电中的电池，因为走夜路大多已用手电代替竹丝灯笼，消费也就相当大。北来同志多各有一具，电池五千元一对，有些不到一星期即完事。我还是老办法，买了几支牛油蜡烛，在烛光摇摇中上床，也在这个黯黯光线中写信。我们一家人大都熟习这种灯光，能想象到是什么情形。因这次土改，补充了另外一些知识，如此后有时间写呈贡杨家老土财，当成戏写，一定不大费力，即可以有个四幕动人戏。因为那个杨家老主人是个悭吝典型，房子也是典型，而问题又那么熟习，完全戏剧性，种种条件都便利也。只是时间不是可以自己支配的，体力也怕支持不住一连两个月的纸张上的战斗，至少得两个月，只有等将来看了。

这里有写曲子的，演戏的，作背景布置的，我想如回来不弄博物馆那些东东西西，有点空时间匀出来，写个戏，大家一齐来搞装置，大致不会太坏。因为动的历史太生动。“一定要把工作和人民翻身好好结合起来，自己也才有意义。”就那么自己鼓自己气，对付了硬饭，也对付了两肋的酸痛，心的剧跳。到明天，这个时候，大致又回到三里外那个旧糖房乡公所去了。国家在进展中，一切全面展开，我们见到的，仅是极小一个区域极小一部分人事，但是比起目下所有新的土改文学都生动得多。我会工作下去，不用挂念的。

这里场期铁匠忙得很。所见到的和我三十年前极熟习的一样，善良，正直，勤苦。所不同处是生活好得多，而在明年大生产工作中，一个村中铁匠，工作重要也不下于一个大城市的工程师。因为他作的砍甘蔗刀，作的薅锄，都直接和甘蔗糖房有关联，也就间接和大城市用糖人有关联。

赶场时，有年青妇人用白布包了绿头公鸭子出卖的，鸭子驯善得如小孩子，一身毛干干净净，这生物在那个人家庭中社会地位，一定好得很。我似乎很懂得这些他们彼此之间的关系，还懂得卖了钱，买了些油盐回去的人，回到家里还要谈论些什么。这种人和正在我们会上一起进行工作的，相异相同点，都明白如照，是两个时代的情感，而又彼此错综同在一个时代，同在一个小小村子中溶合而为一。这两代我都那么熟习亲切。我的存在似乎即只是为她们而存在的，此外无意义可言。

虎虎龙龙好，石妈好。

从文

一九五一、十二、三日

石妈如在这里，一定是个妇女部长。这里熟人都得到了家中来信，我希望也见到你们和虎龙的信。

1952.01.25 左右

致张兆和、沈龙朱、沈虎雏

叔文、龙、虎：

这里工作队同人都因事出去了，我成了个“留守”，半夜中一面板壁后是个老妇人骂她的肺病痰咳丈夫，和廿多岁孩子，三句话中必夹入一句侯家兄弟常用话，声音且十分高亢，越骂越精神。板壁另一面，又是一个患痰喘的少壮，长夜哮喘。在两夹攻情势中，为了珍重这种难得的教育，我自然不用睡了。古人说挑灯夜读，不意到这里我还有这种福气。看了会新书，情调和目力可不济事。正好月前在这里糖房外垃圾堆中翻出一本《史记》列传选本，就把它放老式油灯下反复来看，度过这种长夜。看过了李广、窦婴、卫青、霍去病、司马相如诸传，不知不觉间，竟仿佛如同回到了二千年前社会气氛中，和作者时代生活情况中，以及用笔情感中。记起三十三四年前，也是年底大雪时，到麻阳一个张姓地主家住时，也有过一回相同经验。用桐油灯看《列国志》，那个人家主人早不存在了，房子也烧掉多年了，可是家中种种和那次作客的印象，竟异常清晰明朗的重现到这时记忆中。并鼠啮木器声也如回复到生命里来。换言之，就是寂寞能生长东西，常是不可思议的！中国历史一部分，属于情绪一部分的发展史，如从历史人物作较深入分析，我们会明白，它的成长大多就是和寂寞分不开的。东方思想的唯心倾向和有情也分割不开！这种“有情”和“事功”有时合而为一，居多却相对存在，形成一种矛盾的对峙。对人生“有情”，就常和在社会中“事功”相背斥，易顾此失彼。管晏为事功，屈贾则为有情。因之有情也常是“无能”。现在说，且不免为“无知”！说来似奇怪，可并不奇怪！忽略了这个历史现实，另有所解释，解释得即圆到周至，依然非本来。必肯定不同，再求所以同，才会有结果！过去我受《史记》影响深，先还是以为从文笔方面，从所叙人物方法方面，有启发，现在才明白主要还是作者本身种种影响多。《史记》列传中写人，着笔不多，二千年来还如一幅幅肖像画，个性鲜明，神情逼真。重要处且常是三言两语即交代清楚毫不粘滞，而得到准确生动效果，所谓大手笔是也。《史记》这种长处，从来都以为近于奇迹，不可学，不可解。试为分析一下，也还是可作分别看待，诸书诸表属事功，诸传诸记则近于有情。事功为可学，有情则难知！中国史官有一属于事功条件，即作史原则下笔要有分寸，必胸有成竹方能取舍，且得有一忠于封建制度中心思想，方有准则。《史记》作者掌握材料多，六国以来杂传记又特别重性格表现，西汉人行文习惯又不甚受文体文法拘束。特别重要，还是作者对于人，对于事，对于问题，对于社会，所抱有态度，对于史所具态度，都是既有一个传统史家抱负，又有时代作家见解的。这种态度的形成，却本于这个人一生从各方面得来的教育总量有关。换言之，作者生命是有分量的，是成熟的。这分量或成熟，又都是和痛苦忧患相关，不仅仅是积学而来的！年表诸书说是事功，可因掌握材料而完成。列传却需要作者生命中一些特别东西。我们说得粗些，即必由痛苦方能成熟积聚的情——这个情即深入的体会，深至的爱，以及透过事功以上的理解与认识。因之用三五百字写一个人，反映的却是作者和传中人两种人格的契合与统一。不拘写的是帝王将相还是愚夫愚妇，情形却相同。近年来，常常有人说向优秀传统学习，这种话有时是教授专家说的，有时又是政治上领导人说的。由政治人说来，极容易转成公式化。良好效果得不到，却得到一个不求甚解的口头禅。因为说的既不甚明白优秀伟大传统为何事，应当如何学，则说来说去无结果，可想而知，到说的不过是说说即已了事，求将优秀传统的有情部分和新社会的事功结合，自然就更不可能了。这也就是近年来初中三语文教科书不选浅明古典叙事写人文章，倒只常常把无多用处文笔又极芜杂的白话文充填课内原因。编书人只是主观加上个缴卷意识成为中心思想，对于工作既少全面理解，对于文学更不甚乐意多学多知多注意。全中国的教师和学生，就只有如此学如此教下去了。真的补救从何作起，即凡提出向优秀传统学习的，肯切切实实的多学习学习，更深刻广泛理解这个传统长处和弱点。必两面（或全面）理解名词的内容，和形成这种内容的本质是什么，再来决定如何取舍，就不至于如当前情形了。近来人总不会写人叙事，用许多文字，却写不出人的特点，写不出性情，叙事事不清楚。如仅仅用一些时文作范本，近二三年学生的文卷已可看出弱点，作议论，易头头是道，其实是抄袭教条少新意深知。作叙述，简直看不出一点真正情感。笔都呆呆的，极不自然。有些文章竟如只是写来专供有相似经验的人看，完全不是为真正多数读的。[1]

1．本信没有结尾。

1952.02.02

致张兆和、沈龙朱、沈虎雏

叔文和龙、虎:

我们工作进入土改过程中高潮，我的学习也转入极严肃的一段。今天二月初二，照日程作“典型没收”。刚好雨后新晴，山地里庄稼都和新洗过一样，绿得新鲜出奇。深褐色土也显得格外滋润。田坎路边旁种的蚕豆，紫色花和一串串蝴蝶一样，贴在豆梗间。全村子人由一个年廿一岁农会主任带头（样子和一个南美洲虎一样硕大，身壮，厚实实的），一面横招，五六面胭脂红三角形纸旗（村中女组长掌旗），随后是儿童团，搬运、点验等等四组工作人员，由全乡农民组成，在弯弯曲曲田坎上拉长了约半里路，随同锣鼓走到商定了的第一户大地主家，去进行没收工作。那人家家长，即是十多天前在堡子下解决了的。是住在一个破糖房里，到时武装部队已先到，地主家中人大小十多口都跪在屋前菜园地里，农会主任到时，即先从地主家中一人手里接过家产清单，于是进行工作，将一切家财盘出，坛子、罐子、箩箩、菜篮……因经过一次退押减租复查，所有东东西西不是没收就是掉换，所以有上千石租、两个糖房、十多支枪的大地主，家私搬出时不免全是破烂，竟不大像是中农所应有，穿得更是破败。这一家大小只是搬，站在旁边的本村农民，即用各式各样的侯家三兄弟话语督促，到把东东西西全部移出，屋中已经只是遍地稻草。打了一些耗子，小孩子即剥了皮用草吊着，舍不得放手。还有许多人反复去屋瓦壁柱间寻觅发现。于是一一点交，办法是先收后留，全部没收后，留下些破箩箩破衣服。凡事完毕，东西陆续就搬走了，又到这家另外一所房子去清理。直到下午三点才听到锣鼓声从我们住处门外田道边过去，可知搬运点收工作才完毕。一切正象征旧时代结束，新社会开始，光景十分严肃。试看看每个农民的神气，都是兴奋喜悦，更令人感到历史严肃意义。因为人民全体行动都卷入在这个历史行进中。但是到黄昏前走出院子去望望，丘陵地庄稼都沉静异常，卢音寺城堡在微阳光影中更加沉静得离奇，我知道，日里事又成为过去了。在一切人的生活中，一过去即没有多少意义，历史向前推移了。这种种却唯一尚活在我的生命中，留在我的生命中，形成一种奇异的存在。

这时夜已深静。村子中人大都已经睡去，明天将有更兴奋的事件，教育这村子里农民兄弟，成为他们翻身教育历史中一个大环节。全院中惟几个通讯员在另外一个屋子里唱歌，用三棒鼓腔唱下去，和挽歌声相近。正如为地主阶级而唱。我们这个工作区域，不过三千人左右，但是同时却有五千万人区域，在用同一方式进行这种工作，共同将旧时代宣告结束，而促成新时代开始。孩子们，你们应分明白时代的伟大，也十分严肃，才合道理。因为必须明白它的极端严肃性，你们此后的学习，此后的工作，此后的生活，也才能好好的和国家需要、国家发展紧密结合起来。从土改学习，令人最深刻感到的即是这点严肃。极可惋惜的是我参加的时间过晚，如去年从京郊土改起始，即一直参加，北中国的，太湖区出米和丝茧的，洞庭湖区的，江西广西及湘黔苗夷区的，我如能够在不同区域不同问题上，来进行这种历史学习，特别是看到党的领导方法，这结果，一定还有意义多多。对本人，对国家，都有意义多多！因为说对人民革命认识，对毛泽东思想学习，对中国共产党领导，特别是文艺为什么，和土改政策的重要……和其他理解，用这种学习作为基础，才可以从种种实际印证中，真正体会到一点时代或历史的变动和发展，生命也才会有一点点分量，工作可望切实得多。

大舅舅有信来，在重庆，他大约十五可从西南革大毕业，毕业后即得回贵阳。也想参加土改，我劝他参加。闻三舅舅已去广西，搞音乐，其实还得到更多边区去，从人民学得多一些，才有伟大东西产生。特别是不能仅仅从那个区域的音乐直接学习取法，还应分知道从那个区域的人民生活、自然背景，以及各方面能挹取东西，作为创作的源泉，动力，汇集一切人事的变动，生长斗争中的矛盾，本身的不同印象，具有种种认识，才会有真正丰富人民情感的作品。最重要的恐怕还是对于这种种有情感。这倒真正是不容易从学习而得来的一种东西！这竟不大像是可以学来的。一部分充满了生活经验，工作斗争锻炼，以及写作愿望的作家，写来写去总得不到什么特别成就，问题即在这里。对人，对事，对背景种种同异存在，对季候影响，都无感情。更大弱点是对文字性能、效率，也无情。学来学去总不知道什么是必要的，什么是不发生意义的。对各种学识都无情，一律以一种极端片面无知的成见，拒斥这种知识的获得，把自己束缚到一种狭隘范围中——一种极不宜于写作的状况中，一种思想僵固的机械事务经验中，从事写作或从事文艺领导，当然都无望有何成就，更易妨碍其他方面成就。因为没有情感，即斗争知识再丰富，也无从反映到文字组织中成为作品。

对一切有情，也不是天生的，或可笼统称作所谓小资气氛。希腊几个大师也好，文艺复兴几个大师也好，十九世纪几个大师也好，即马克思、列宁、高尔基、鲁迅一齐在内，博学多通实为这些人共通长处，对一切有情，也即由之而来。对知识的可惊的广博兴味，可惊的消化力，可惊的深入融化，形成他对之综合拒斥，并新的创造。我们目下有些人，都说学马列鲁迅高尔基，却有一种对于知识恐怖和拒斥的现实精神浸润，而只说从一个极丰富生动的时代中学习，即可产生艺术。不大明白这个丰富生动伟大时代，要求反映于石头、颜色和音乐文字上，形成伟大强烈效果，总还得通过作者的手和心（一般所谓心），必作者生命充沛情感洋溢和手中工具结合得极紧密，方有可能重现于种种器材上，形成所应有效果。目下训练作家，不从这一点出发着手，如只徒然说思想改造，是得不到要领的。因为明明白白，即有许许多多人，目前不是思想不好，也不是斗争经验不丰富，出版机构又掌握在手中，但是什么都做不出，其实言来，即不肯实事求是虚心学习的自然结果！虎虎文章若想要写得像样些，还应当多读些书。你们书还是读得太少了，不是太多。要多读些好书……有千百种好书都得读！

1969.11.26　致张兆和

三姊：

这是廿六下午八时，房中情形你不易设想。因为托运破烂大小十八件，已经过四五天。大弟、焕章（礼拜天还有杨普、李同志）等帮助，如作战一般，包扎停当，贴上名条，系上布条，等待廿八一早即将上车。廿八开欢送会，卅中午上车。估计这信到时，你们也已经有部分家属到了六连。大弟将送我来，为部署新住处，馆中和校中革委均同意，他还是十年第一次请假！将来六连看看你。

我算是本馆老弱病照顾政策第一批下放的人员。动员会闻有十八人，有四五人表态令人感动。我只说十个到十四个字："坚决拥护主席伟大政策，到时上路。"截到今天为止，得知真上车的只五家，带家属还只十多人。说明"言之匪艰，行之维艰"。我除了心脏不大好，没有丝毫感伤情绪，好好和大弟谈了几晚四十年种种，他才明白了些应当明白的事情，对明白这次受最小冲击前因后果和廿年工作意义，以及当前还像是受特别优待原因，是极有意义的。

这里对永玉、朝慧已作了些适当安排，多是和人商量的结果。也送了同院各家点点纪念品，也多经过研究，作得比较适当，不至于过分。今天小尖鼻来，还照了许多相。到这里已整整四十八年，回想来时种种，还如昨日事情。如此离开，也十分好。用实践来拥护主席，或可补足拙于语言弱点，以后还要用新的实践，战胜热湿和滑倒的意料所及困难和体力上的意外困难。我相信是会作得到的，能和近半世纪以来一样，用一种极端素朴态度活下去，学下去，工作下去。才对得起党和人民对我的好意和期望，也才对得起你四十年来同甘共苦，在共同生活中，你的担负极重而在任何困难中从不对我灰心失望的好意！我们对孩子们值得放心，孩子们对我们如何处理自己也感到放心，所以我总相信在乡下不是养老，还将有可能在新环境中作些有益于国家的事情。目前房中空而乱，心中却觉得平静不太乱。

耀平已到达，住处有水电，何诗秀后天去小平处。估计二姨不久也将去宁夏，庆庆去小平处。

应用药多有二月量，还可托人续带。住处可能已有安排。艺术院校也在动员，月初必即有人上路。永玉是留下还是一家同走，不可知。小尖鼻不久也必将作长途旅行，长得少有活泼，一切话都懂，只是不会说而已。约明后日将去看看林师母和三婶。文学所闻去河南罗山，已行动。我估计这信到你身边时，可能在……[1]

1．此信后半已失。

1970.03.04 **致张兆和**

兆和：

经过三天陆续“自力更生”，主要是得到张同志帮助，把几个大小条儿和两张椅子移过新住处，加上原有个小方桌（和家中那个大小高低简直差不多），一经调排，脱了榫的条案收拾好后，把大塑料布和旧门帘一搭到斜绳子上，内外一隔，小方桌用报纸一糊，居然有点和卅年前桃源有些相像，除了屋角湿一点，一切可说初步像个家了。附近医生护士来看看，也似乎认为可以住下来了。地方除一天十来次运料卡车和班车，由窗外五丈许过路，此外即无什么声息。广播是在一里以外进行的，不免有“天乐”感，能听样板戏，不能听消息。小收音机效果很好。和桃源生活不同处，即每天得到一里外原厨房取水，打饭。大半里路大便。再过一星期，彼等将迁过矿厂，我就不免落空了。区里也就只剩三户外来人。“天无绝人之路”，可以放心。血压已回复到二百十/一百廿，不打量去县里复诊了，因为心脏事已明确，只有好好保护，求好转已无望。即判定已恶化，亦不可能住院一月二月即好转。不如一切听之。

我最近又已写上了新诗七八首，旧形式新内容，有的似乎还切题。文字有热情，也极明白亲切。领导挖煤组的李同志知道要看看，我就送去请教了。或许将一一试用不同方法，同一态度，写下去。主要即赞美五七干校战士的种种干劲。国内似乎还少有这么写的。将来或许有发表一天，为了是新事物的新反映。过些日子或抄份给李季请请教。若从旧诗角度说来，有的派头似乎也还好。惟不如井冈山那几首文字华美，生动深刻。因为叙事多，抒情少。也易成打油体。慢慢来会有新收获的。缚鸡感无力，头脑还能用用，不太沉重。如今只差那十来件大行李，毫无办法，也许过二三天，可望一下子得帮助搬来。也许还得零拆自力更生。大小条案就是自己扛上坡的。一天来个四次，还可办到。总有一天可运完的！

听说上海煤油炉子好而得用，你们无人去上海，我就要大托熟人寄一个。我用来大致比生火炉经济省事。这里煤油不限量。柴无法可得。

天气一转好，我心脏压力就轻多了。伙食一般比四五二高地好得多。同是白菜，这里是真炒的，不是焖的。大不相同。晚上闷黑不是事，张同志用小玻瓶作了个油灯，估计九分钱油，可点六七天。我不久也会有一个。你若来，不用带灯了。不能来就不来，正如不让我去县或专区复查，也一切听之。一出来，就把自己看得不怎么样了。

我重新想到这次蠢事，就是听高岚话，“尽可能把应用的东东西西全带来”。还说包到底，来了累自己也累他人。且会引起明日意外麻烦。这麻烦即或本单位来全个小学通归接收后，还依然存在。你们可比较好多了。

除收音机听到点中央广播和本省消息，此外可说无知。我想另定两份报，你的不用寄也成，因为雨季中邮班不通，问邮局，说三天才到甘棠。下湖田事我有点为你担心，干劲足极好，年龄还是得承认。一天来回走三小时，三五七天可能办得到，拖不垮。以月计，吃得消？我这里一天来回走大厨房三四次，来回约六里，脚腿还有劲，心脏压力大些。过不久将必然更会狼狈些，因为若到饭铺去吃，倒应有尽有，而且听说菜炒得相当好。面饭馒头一应俱全，就是遇雨上下极狼狈。而且开水不方便，天热怕肚坏极不好办。闻单位最早还是得五一后才有下来可能。还有一连串意料中麻烦待一一克服。总能克服过来的。只要心不出大毛病，即不妨事！

从

三月四日

有个小油炉，吃喝问题便解决一半了。小桶水自提还办得下。

1970.09.24 **致张兆和**

兆和：

写了个小诗来，只四百多字，似乎还有点“史诗”派头，和历史还相称。是在附近不远爆破炮声连响三次后，土石纷纷下落，已把屋顶开了大小天窗数处后抄笔。还担心再来，头上且顶了个坐垫。一切很好，大可放心。生活环境（特别是房中），似乎和什么侦探小说写的差不多，一切乱乱的，也离奇狼狈，可是心静静的，就十分难得！我还能依旧“贤者不改其乐”抄完这首诗，即可知顶得住以外，尚能解“自得其乐”了。这是近月以来许多字数不过多，而写得还有气魄、有感情，且有新见解的一首。像是比《阿房宫赋》还质实些（我只用六十字集中，二十字衬托），少空话。不过如此一来，读者面必将更窄了。因为只有习文史的人，还能读《史记》，或学文学肯读“汉魏诗”的人，才会理会内中措词言简而意深处，和五言诗传统的长处，既有音乐节奏感，还具鲜明画面！真一说是“天分”，其实还是“积累”。我凑巧除五十年对旧诗欣赏和散文写作底子外，还加上个新出土文物常识，三者会通使用，自然就方便多了。并且还要点充沛感情和机会兴致，难得而易失，机会一过，这时即再想写点什么，已有点精疲力尽，力不从心了。我大约在目前情形下，还可望继续作些不同试验，大致总史事或述人，易措词得体。写新问题，不大容易掌握，难深入恰到好处。总的方向大致还是得就“缩短文、白，新、旧差距”而努力，有意义些。从个人说来，求破旧纪录，则写这类题材易见好。既不能有机会发表，则最后读者，必然将只限于五七亲旧（又似乎恢复了一二千年前方式），亲旧中大致又以二姊最易欣赏，因为有个“史”的底子。

天气还阴阴的，我还将准备在夜中大雨时和房中“流水成河”作斗争，抄到“钟鼓上闻天”和“直上干青云”时，望到房顶那几个大小天窗真好笑。世界上那会有人想得到我是在什么具体情形下写这些诗！但是想想过去工作，也就十分自然，因为初学写作那几年，生活情形比目下可糟得多。即初搞文物那一二年，在零下廿度灰扑扑阴森森午门上库房中搬坛坛罐罐，也不是你能想象的，我却一律默默的接受下来，终于把要学的慢慢搞通了，同时也可说工作搞对了。这次还不能说已是真正在作改业准备，不过初步试试而已，一个人到了七十岁，还有这种学习热情，又居然还有机会搁在那么一种环境中，不可不说真是离奇运气。还是应当深深感谢党和人民！我竟像是个职业试飞的“飞行员”，永远得在一种新的飞机上试行，且探寻新的航向！不同处即不会下跌，不过总是辛苦一些而已。也只有你懂得这事是相当辛苦的。不然有许多人早来抢着做了。我这些习作，也会有机会在较小范围内，作为一种“学习材料”而公开，得到上面点头认可的。那么大一个国家，应对世界，也总得有几支有分量的笔！特别是遇到如氢弹爆炸，卫星上天，大桥成功，成昆路通车，都没有有分量的文章配合！当然也会为一些人挑眼（这种人永远不会没有的，不然就不会产生“李杜文章在，光焰万丈长，不知群儿愚，那用故谤伤，蚍蜉撼大树，可笑不自量”这首名诗了），但不碍事，因为总倾向如果是健康的，而具试探性，文字思想又都能达到一定水平，内中还有个基调永远不失，即“人民的成就”，言不离宗，十分自然，就会存在下去的。

朝慧最近来了个信，还寄了张大弟和她家小尖鼻的放大相，十分好，小尖鼻特别精神。你处如未有我即寄来。她信中提的大弟问题，盼望你能在假中回京，和二姊商量商量。我觉得极重要。算算日子，只差二三天你下来即满一年了。望能下个决心。

我还在吃豨莶丸，治慢性关节炎，地面那么湿，那能好？不转急性即天幸。这一阵脑子也重些，心又不大得力，血压或已过了二百，雨中自然累人些，日夜得提防！别的吃的还充实，尤其早上一顿抵事。写诗虽不如作小说费力，但自然还属于脑力应用既细又重活之一，不过面积小，周转易，而在半完成后字斟句酌，则近于一面欣赏，一面批评，在欣赏中得到的乐趣，可以抵消写作用心的劳累。我大约记得书较多，虽不能如你那么背诵，却总能记要点和大意。所以用事措词不费什么事，即可得到古人说的“佳句本天成，妙手偶得之”之趣。事实上也反映过去曾用了一大分心，从欣赏出发，而无形记下许许多多好文章而已。主要还是从欣赏出发所得益。现在大学教专题和文学史的，总是“注解”“文法”“意义”而加上“思想”，却始终不会如何教学生去“欣赏”。考试以至毕业论文又照样抄书，那能教得出真正懂文学的会写作的好学生？这种学生又去当教师，一传再传，十分省事，可是能欣赏自然越来越少了，那还可望教得出什么创作得出真有个人文章风格又有好思想的作品？许多教师基本作文还不易及格，说“风格”，只是自欺欺人而已。更新的一切已大不相同，学习方法也一定要改，可是写散文如何打基础，可还无人“敢”或“肯”老老实实说出自己的经验（内中必有不少也会写点），更不敢随便举例，所以肯定还得绕大弯，从“瞧到办罢”拖下去几年看。把责任推给上面。教戏的就简单得多，基本功还是基本功，所以张君秋还是因此作了人大代表，即因能教青衣各种唱腔！直到如今，似乎还不闻有什么教基本写作而作代表的。即曾祺也无名，可知至少二三年内还不会有这个需要。而全国教改，即不曾有具体文章提到“如何教文学”一事。什么时候才可望看到学文学的保定能写通顺有内容文章，教授又能写出真有见解和风格的教材？或许我已没有这种机会见到了。事实新提的文学“过三关”的文字技术关，先前几个被封为“语言大师”的熟人，都可说并不认真过了的。有的文字充满北方小市民油腔滑调，极其庸俗。有的又近于译文。有的语汇还十分贫薄，既不懂壮丽，又不会素朴，把这些人抬成“语言大师”，要人去学，真是害人不浅。所以五八年在重要关键性时刻，在人人拍掌声中，我还是力辞作我不能胜任的什么头头，而甘心情愿在寂寞中作陈列室里义务说明员。现在看来还是对的。不然，早完事了，那还能有机会来试验五言诗的革命化？有些事乍一看来近于“偶然”幸或不幸，而从整个全面分析，却多近于“必然”。我说总像是个新型飞机命定的“试飞员”，这是第三回了，五十年前写小说即有此感。当时“小说作者”虽已抬头，但谁也受不住“生活上无出路”的严酷考验。翔鹤、蹇先艾等等多是早就出了单行本的。许钦文因得鲁迅一序更著名。上海方面则友好互吹早成战术之一，更显得活泼热闹。至大革命或卅年为止，算算南北同时从事这个工作的不下数百人，看看《新文学大系》三厚册小说集即可知道，我已写了六十本书，却故意不要选我的，这也是趣事！虽起步略有先后，但终归是上了这个“运动场”的，随时代变化，不到十年，绝大部分都自动改图或淘汰掉了（或革命牺牲，或做了大官也有不少），我却始终如一满不在乎成败得失的试验下去，既不图特别成功，也就不担心意外失败。到解放为止算总账时，至少我可以说学习态度还是认真的，且决不投机取巧！解放后，社会变化大，近于“前功尽弃”，也认为是当然不是偶然。一切不算，重新再来，因此新的试验又开始。凡事“从无到有”，自然还是十分辛苦，同时有十来个教授级研究员，全拖垮改业了。有的事，你是至今还不易设想的！一切都从具体问题出发，搞调查研究，而从不以个人得失为意。困难也并不下于初初从事写作。不到几年工夫，就取得了许多方面的发言权，还是基本功作得好。主要自然还是不多久即得党的全面支持和鼓励，并给以种种机会，如土改一回来，即参加文物业三五反，大几十万东东西西作鉴定，清点时得脱口而出，不能稍有迟疑，那才真叫做“考验”！许多同事都无此机会，有的又即时刷了。有的如科学院一些人又受不了辛苦而中途退下了，也有因犯立场错误而退出的。记得到后口已全哑，有个什么局长来现场看我们时，说“真辛苦辛苦了！”但是后来十多年，工作一切，生活一切，也就奠定到这一回战役上。既有了个十分广博的常识底子，又老老实实，所以后来南京和故宫只想借调我去帮忙，就是原因。对我政治安排也有原因。直到这次运动，对我近廿年工作无一字批评，而目前还那么优待，也可说是同一原因。在学习和工作上，我管我自己实严格得十分，党既然对我那么信任，我还可说什么？这也就是目下房中即完全浸在水里，直到屋顶坍下以前，我还能照五十年前，或廿年前拿下新工作情形，一切无所谓的试写下去，到一定时候，会老树开花而且结果的。年纪到了七十岁，有些事也可说还天真无知一点不明世故，这不是坏事，是一种保持青春活力的反映！（正因为在实际上我毫无应世才能，也就少随之而来向上爬野心，可始终把自己保护下来了。）

有种种原因，这一回工作，受年龄体力和客观社会要求不同，已不大可能如前两次在社会上显得那么出色了。这是十分自然的，不过工作还是一定能够同样热情充沛认真的作去，而走一大段路。并且一定还搞得像个样子，有所突破。说是“五言的尾声”，多少像是有点悲怆感。但事实大致也就是这样了。能作到这一点，已可说很不错极难得了。特别是想到近几年过去的一些熟人，多是忽然消逝，我更加应当爱惜这点余生，充分用到工作中去！

我或许也还有机会，还会写崭新的散文，那就不仅是靠个人努力用心，还得看外在条件而不是主观愿望了。必须能各处动动才有办法。总之只要健康维持得住，即不会白白活下去，还会有事可作！即动不了窝，也无书可得，还可望用自传式回忆谈如何学习散文，如何从欣赏出发去取得各种不同的滋养，充实自己，逐渐转而化繁而简，真正古为今用，用到散文的朴素风格上，这将是比教教戏腔对于许多人（以千万计的人！）还可供实验的一分知识！能有个二年左右时间如目前从容，继续作去，就会写出个极别致的十万来字小册子的。也许这全是只有和你可说的梦话，即你也不会相信了。因为社会已大变，而且还在起更大的变化，随同世界的问题和国内生产建设的发展，什么什么都将成空话。那就把这种五言诗继续写下去，并且更大胆些如写《红卫星上天》来写别的，还是会有些事情写来很新的！

你听这类废话已卅年，可有好些却实现了。自然有更多终成了废话。且想想如何回京事情吧。我盼望你为大弟终身大事而动一动。因为和二姊一商，将具决定作用。二姊处事虽经常带点冲动性，不大能全面。可是还是见事较深，而有决断。大弟究竟已卅五六了！这里你可放心。在任何情况下我都不会丧气，而且能找事做的。会做诗，就总有事做了。

从文

廿四发

谈艺来鸿

1952.01.15 致张兆和

一月十五

叔文：

我又把《老同志》抄一次，是第七回。毛地黄素已用完。夜里醒个十来次，心跳得自己也听得出，大不好受，但是不要紧。村子里什么都没有。出糖的区域，糖也没有。桌上只一罐烧酒，是我们团长的，一喝下恐就完事。记得在场上时，还看见有江米酒卖的，只二千一斤，预备些些晚上会就好多了。因为我们到龙街子时，记得吃它可得到睡眠的。从北京带来的蒜瓣也完了。只计算着，天一凉爬起来会好多了。其实还是病。你可把文章看看，如觉得还好，就给什么刊物发表，让丁玲处理也成。如要改，请他们改。毛病可能还是"太细"。但如果翻作英文，照例要细到这个样子，才够小说条件的。十分中有八分是写实（十分九分），特别是那猫儿的关系，工作神气，以及当事演说后大家的情形。这么一改，可能主题移到“知分改造”问题上去了。其中还恰好是反浪费，应节令。将来如有时间，其实一礼拜写一篇五千字左右短的，写国家各方面的有生长性的新人，用各种不同方法来表现，大致写一年，五十个事件中，会有一半以上得到成功，对于某部分人有点教育效果的。但先得可以自由走动，到农场，到工厂，到部队，到伤兵医院或被服厂，各处去看，去学，去挑人，比挑劳模又稍稍不同，才有可能全面些。因为比如说写伤兵医院，一面写伤兵，但是另一面也就得写看护，很可能还要专从看护写，来反映伤兵。学校中青年团员也可写，写品质，写他们对于一件事一个问题的处理接受过程，会写即可发生良好教育作用，比论文有普遍性。比讨论报告有长久性。过几天如好一点，我要试来写个干部，写个农村老大娘。从性格上写，可以突出纸上，动人，逼真。写抗美援朝，从人写。

在这里吃的茶是云南沱叶，万四千一个，约半斤（六两?）重，和云南用的似乎稍稍不同。叶子比较细，味道汤如香片。不敢吃。这里除了煮饭时有火，其余不好举火。居多一天不喝水的。空气湿，干鸭子也依然两个月过了。

我希望还可以有机会把《雪晴》写完，因为这次到的地方自然背景虽不如高岘，乡村配置和地主家庭与农民矛盾斗争，也不如满家情形鲜明激烈，但从糖房剥削上，认识了些地主通性，特别是乡村地主的通性，对于这个未完成的作品，极有帮助。因为一发展，就可把问题把握，修正前五节立场不妥处的。满家事写来一定成功，即平铺直叙不加修整，也是一个最具斗争性故事。依稀记得似乎一共有五节，可能是存在真一处的。如照过去那么写，必成屠格涅夫式《猎人日记》风格。扭转来写，会不同些。但浓厚的散文诗和自然景物结合部分，可能还得保留。正如《静静的顿河》，有些地方也还是要景物的。我个人意见且认为将来写生产，一定得将自然景物织入到事件中，不然看不出区域性。尽写人事不加背景，传递效果有问题，因读者将从自己所在区域自然背景来补充，可能全不对头。比如写四川乡村，不将自然背景写出，别的地方人难有正确印象。过去只知道语言中有方言方音，以为用点心即可将区域性显出。其实不济事，还要背景！写工厂，背景表现也比专门术语重要。背景和事件有不可分割的联系，因为形成空气。正如纳鞋底，是农村妇女日常工作，有些是剩余劳动力的通常耗费方式，有些又不。同是一件工作，中老胡同石妈作的，和我们苗乡作的，以及这里庄院作的，气氛就大不相同。同是在这里，斗争会上妇女作的，和我们院子里四五个妇女在院中一角作的，又完全不同。这里院子中大白天太阳下几个妇女纳鞋底，还完全和静的农村气氛一致，孩子睡在竹摇篮里，放在身旁不断的摇。斗争会上妇女，一面背着个孩子摇荡，一面一针一针戳，到某一时，却会忽然走过去吧的打了地主一鞋底——情形相差太远了。如只会说纳鞋底，看不出形象的。乡村之所以为乡村，当前和过去又如何不同，当前即如说斗争，斗争对象不同，时间地点条件不同，形成的空气又如何与其他不同，一个作者如缺少理解，是不可能明确生动加以表现的。这也说明一点，即当前写短篇以农村作对象，表现上显得枯燥的根本原因是什么？大都是这个基本知识不充分。不会写实源于不好好的学，从人民群众学。把人孤立起来看，不知注意那个人是活到什么环境或背景里，写人难生动鲜明，是必然结果，即努力亦只会有一点收成也。人不能离开环境，知道注意这一点，学习写作文，作文也大不相同了。

永玉到了没有？如他来，不知可作了多少好木刻。

二哥

1956.10.13 致张兆和

第八，十三早济南广智院

三三：

早上钢琴声音极好，壮丽而缠绵，平时还少听过。声音从窗口边送来，因此不免依旧带我回到一种非现实的情境中去。总像是对某一些当前所见、所感、所……要向谁嚷叫："不成，不成，这样子下去可不成！"嚷的或许是面前具体事件，或许只是所见到的一种趋势。或许是属于目前业务部分，或许和业务不相干的一点什么。琴声越来越急促，我慢慢的和一九三三年冬天坐了小船到辰河中游时一样，感染到一种不可言说的气氛，或一种别的什么东西。生命似乎在澄清。我真羡慕傅聪，在他手下生命里有多少情感、愿望，都可变成声音，流注到全国年青人心中，转成另外一种向前的力量！这种转移再也没有比音乐来得更直接、纯粹而便利了！定和不知为什么学了廿年音乐，却放下了这个使用工具的权利，来搞普通地方戏。这算是一种什么打算！他不知一个人一生能作三五个小曲子，就比搞一生戏剧还有作用得多。我总觉得目前“戏”只是一种娱乐，人家注意的是故事，局限性极大。而且一个十分成功的戏，也随时都可为一个极平常的新作所替代。正和一个名演员随时可被个后生小女孩所代替一样。至于一支好曲子，却从不闻因时地不同，而失去它的光彩。假若它真有光彩，就永远不会失去。只有把它的光彩和累代年青生命结合起来成为一种力量，或者使一切年青生命在遭受挫折抑压时，还是能够战胜这些挫折抑压，放出年青生命应有的光辉。总之，他是力量和崇高愿望、纯洁热情一种混合物，他能把这一切混合或综合，成为一种崭新的东西，在青年生命中起良好作用，引起一切创造的冲动，或克服困难的雄心。在老年生命中也可唤回一切童年生命中所具有的新鲜清明。真是个了不起的东西！

记得一九三一这么一个天气，我一个人走到青岛那个（福山路？）高处教堂门前，坐在石阶上看云，看海，看教堂石墙上挂的薜萝。耳听到附近一个什么人家一阵子钢琴声音。那曲子或许只是一个初学琴的女孩子所弹，或许又是个如“部长太太”那么“嗲”的女人弹的，都无关系。重要的是它一和当前情景结合，和我生命结合，我简直完全变了一个人。我只想为人、为国家、为别的什么做点事，我生命中有一种十分“谦虚”，又十分“自信”的情绪在生长。它在当时虽若十分抽象，但反映到另外一时却极具体。在学习中和写作中，都会发生极大的影响。也许因此越来越像不现实，或生命中总被“不现实”那一部分支配，生活永远陷于败北状态。可是不妨事，因为“谦虚”和“自信”还依旧存在。谦虚可以推进学习，产生不易设想的一种学习钻研热情，自信却可从一切工作中通过困难，见出工作的成果。也许始终是败北，可是败北的是人事生活上的一面，应当还有另一面和好音乐一样，永远能有光辉的！

我们下午又到馆中去看看。后来听说千佛山有庙会，因此赶到那边去，原来和赶街子一样，有万千人在登高！山路两旁，是各种各样的地摊，还有个马戏团在平坡地进行表演，喇叭嘶嘶懒懒的吹着，声音和三十年前一样！还有玩戏法的，为一件小事磨时间，磨得上百小观众心痒痒的。卖酒的特别多。此外还有卖篮子箩箩等日用品的，可知必有主顾。真正最有主顾的是成串柿子。山路转折处又还有好些提大篮子的，篮中作扑鼻香，原来是卖烧鸡的，等待主顾登高饮酒吃用，一定也有主顾。只是作诗的怕已极少。路旁还有好些茶座酒座。学生还排队吹号击鼓来玩，一般都有小龙高大，看样子，还很兴奋！马路一直修到山脚边悬崖处，崖上石佛其实都不怎么好看，欣赏的还是万万千千。更多的是从小路爬上悬崖直到山顶，人在高处和小蚂蚁一样。我们因时间迫促，只在崖前下边一点看看游人已够了。只买回一件艺术品，最欣赏的大致只有小蛮父子，费钱五分。

1956.12.10 致张兆和

十号

我们又看了一天文物，东西好，处理上问题多。许许多多东西都是国内少见的，许多东西并且是对世界也是一种重要发现，如公开出来将对各方面研究都有极大帮助。惟整理工作人员少，有些材料十分重要也不知道。有大堆汉漆器，就搁到那里，其实全是国内未见的。我们一看又是一天。看陈列，不能满人意，因为说明不了问题。宋以后东西太差。很多比我们家中用的还不如，通摆上了。说明员不济事，训练了几个月，说不出问题。馆中全是生手，如办文化馆方式来办博物馆，不合用。来看的上千人，可以说得不到应得知识。首先是教育人的还没有好好教育自己。比山东、南京、苏州、上海都不如。但库房中东东西西，特别是古文物，却丰富远过许多地方。

这几天虽相当累，体力还济事，已不咳，还在继续吃每天三片路丁，和八片什么维他命。天气还明明朗朗，拟用一天时间不外出，来写写意见印象，十二号一早即过江往吉首。大致在那边住三四天，到凤凰住三天，即回来，回后即过武昌，看看武大，即回北京。预计时间，也将在廿四五前后了。总之到京要过年了。我希望能把时间稍提早些。但各处看看，实在获益极多，对于各方面改进工作提意见，也比较全面，易有好作用。有很多人现在才来工作，其中不少熟人，在北京反而见不着面的。

长沙地方并不比南京大，可是似乎再住久些也不大容易认识，因为似乎另外是一套，住在交际处，能接触到的未免太窄。如用来和廿年旧的一切对照，则显然是两个时代，主要是人全换了。作事的人全换了，作事方法态度也全换了。学校因为我并北京的也不知道，旧的也不知道，不易得比较印象。在昆明时那个谭蔚，昨和他太太来看我，有了四个孩子，两人都在教书，太太教女中，学生据说都争着看《春》《秋》《家》，排队领书。至于《三里湾》一类书，却不多。《铁水奔流》也不看，看后印象薄弱。女学生大致还是城市中知分子弟多。我们孩子却已过了时期，也许不熟巴老伯，倒会是巴老伯读者。闻学生一“向科学进军”，多只赶理、数，对历史最头痛。大致教历史的自己既读书不多，也是头痛，因为实在教不出什么名堂来也。国文已在教古文，谭蔚即教古文。

老毛也结了婚，太太在作助教，自己在江西作事，大致跳荡已不如十年前，不读书还是一切依旧也。他的妹妹反在山东大学教俄文，比他上进。这次会演中有几位微笑态的家乡女孩，一切似乎并不比中央的差，闻平时只在合作社作油纸伞。有个唱情歌一再得奖的，平时是个理发师。有几个唱歌极好的，是船上水手。正是我廿年前和他们一道在船上的人物。那一位作纸伞的女孩子大致将来会成为自治州的文工团演员。如系过去社会，必然将为什么军阀收作姨太太，如系更新社会，应当选过中央歌舞团学习，或可望成为大电影明星——至于现在社会，只好将将就就，作民族文工团演员，嫁个科长，了事。这里博物馆一个搞群众工作的女同志，也年纪轻轻的，比以瑞太太还小得多，闻从什么文工团退伍出来，放到博物馆工作。很奇怪，一切好处正宜在歌舞团中得到发展，却来搞博物馆繁琐事务。另一面文工团却又苦无人。大致系统不同，各自参商，这个团体找人，那个团体却在退人，不免形成如此情况也。不经济处当事的照例不易明白。

你的老师马宗霍还在师范学院教书，曾看看他，他已入城，见不着。大致也相当老了，闻已算是老教授。且是唯一国学教授。

不知是气候不适还是打针过多，又还是住处过于官样，精神似不如在山东、南京活泼。也许是过于疲劳，一天总是动，总是谈话，而又是一种作客心情，不免有及早归来“倦鸟投林”情绪。其实体力已回复，再不会有别的事了，总像是有点倦。十二上了车会一切眼目一新，因为算算时间，已经有廿三年了。人真奇怪，近代交通工具虽这么缩短了旅行的时间，可是大多数人却不能如过去那么旅行便利，至于游山玩水更说不上了。人都为事缚住，失去了过去人应有的从容，即自由如陈蕴珍女士，我告她来北京和三姐玩几天吧，她说我得送我家宝宝上学，学琴，一面说一面用小杯子浇花，也有点隐士太太规模了。巴金事就自然更多了。很奇怪，这么不从容，那能写得出大小说？照我想，如再写小说，一定得有完全的行动自由，才有希望。如目前那么到乡下去，也只是像视学员一般，那能真正看得出学生平时嘻嘻哈哈情形？即到社里，见到的也不能上书，因为全是事务，任务，开会，报告，布置工作。再下去，虽和工作直接接触了，但一切和平日生活极生疏，住个十天半月，那里能凑和成篇章？照情形看，要写，稍稍回头写“五四”以来事，抗日时事，专为学生及中级干部看，中学教员看，比《春》《秋》《家》相似而不同题材，写社会，会比较容易下笔，也比较容易成为百万读者发生兴趣的东西。因此我想写四嫂所谈故事，易成功，有十分之八成功。如照赵树理写农村，农村干部不要看，学生更不希望看。有三分之一是乡村合作诸名词，累人得很！

我每晚除看《三里湾》也看看《湘行散记》，觉得《湘行散记》作者究竟还是一个会写文章的作者。这么一只好手笔，听他隐姓埋名，真不是个办法。但是用什么办法就会让他再来舞动手中一支笔？简直是一种谜，不大好猜。可惜可惜！这正犹如我们对曹子建一样，怀疑“怎么不多写几首好诗”一样，不大明白他当时思想情况，生活情况，更重要还是社会情况。看看曹子建集传，还可以知道当时有许多人望风承旨，把他攻击得不成个样子，他就带着几个老弱残丁，迁来徙去，终于死去。曹雪芹则干脆穷死。都只四十多岁！《湘行散记》作者真是幸运，年逾半百，犹精神健壮，家有一乌金墨玉之宝，遐迩知名（这里犹有人大大道及）！或者文必穷而后工，因不穷而埋没无闻？又或另有他故。

梅兰芳六十岁犹上台装女孩子，有人在报上称赞宇宙疯装疯之妙，又说什么内心活动，出神入化，我一点不懂，今晚却有可能去看他的宇宙疯，岂不是奇闻巧事？我一看到他被人称赞的衣装就生气，宁愿称赞越剧《西厢记》，不肯同意他的洛神或任何一种戏剧服装，因为实在不美！但正如我不懂相声艺术一样，我实在不懂“艺术”，懂的是不知应当叫做什么！这也真是一种无可如何的事情。《湘行散记》作者不能再写文章，情形也许相同。

1957.04.30　致张兆和

小妈妈：

这里报上正在“鸣”。前天是小说家（巴金等），昨天是戏剧界（曹禺、熊佛西、李健吾、师陀），一片埋怨声。好像凡是写不出做不好都由于上头束缚限制过紧，不然会有许多好花开放！我不大明白问题，可觉得有些人提法不很公平。因为廿年前能写，也并不是说好就好的。有些人是靠小帮口而起来，不是真正靠若干作品深深的扎根于读者心中的。有些人又是搞了十多年的。如今有些人说是为行政羁绊不能从事写作，其实听他辞去一切，照过去廿年前情况来写三年五载，还是不会真正有什么好作品的。这里自然也应当还有人能写“作品”，可不一定就是“好作品”。但目下不写作品，还在领导文学，领导不出什么，却以为党帮忙不够，不大符合事实的。鸣总不免有些乱。如果有机会让小作家和读者鸣鸣，也会把责任转到巴金等头上来，因为他们在领导，事实上可并不曾有多少青年作家或年老作家，在领导鼓舞中动起笔来的。他们团结各方面的工作做得相当差，有些人对靳以不甚满意，有些人译过十来本书还不能入作协，有些教授也不算作家，但有些又算。其中情形相当微妙，可能有些小圈子作风。这么下去将来也会有可能形成一种新的宗派，不是以作品风格见异于人，只是以地方势力作根据，形成独占而已。这对创作的发展自然是有妨碍的，可是对于有些人，必然还以为得计。古人说“识大体”，真不容易，现在人说“整体观念”，要建立也真不简单！上海报纸上载作家鸣得相当热闹，真的热闹必然还在后面些，时候还未到。但是什么时候就到来？模模糊糊。真的鸣应当是各种有分量作品，诉之于万千无成见，少偏见，且不为空气控制影响的读者。但是目下这种有资格说话的读者，却无多机会说话。这个读者群应当包括教授（教这一行的）、编辑、作者和各种干部、学生、市民读者。这个群的意见，比目下少数人批评就公道正确得多！

你们刊物阵容似得重新安排一下，至少得把党员作家好好组织一下，多有点好文章，每期总有两篇较好的短篇，三四篇充满新意思的特写，才压得住。要有露面的作家名字，也要有不见经传然而风格别致的作品。这一点我认为主动找稿子的工作方法还没有好好的推进。二三十万份的代表性刊物，看稿子要有巨大眼光，组稿子也得有各方面作家信托，感觉非帮忙不可。这工作你们作得不大够。是不是还可说很不够，我可不知道了。

这里出书极多，到一个书店去，满架子是新书，问作家有什么特别引人的作品？没有。这些书经过些什么选择而印出，情形也混乱，很有些书出来一二年，无声无臭的，就到特价部作二三扣出售了。还有些大本子的，书评也少提起。有的印得多，销路少，积压在架子上和库房里，摆个样子。一般印象是书出得相当乱，可不好。市场上——以戏剧而言，“济公”观众可不少。街上每天有几十万人要开心，上海这个地方必然会有许多开心的东西流行。晚上到食品公司（先施公司）去看，消费者挤到这里边有人满感。一部分人并且口中囯囯有声。原来什么吃的都可零包出售，所以一面走，一面看，一面吃的人就越来越多。这个大城市过去是现在依旧是有百万计的人，都不怎么用脑子想生活以外事情，而对吃穿却有浓厚兴致的。商业或文化娱乐业为适应这个要求，不断在扩大服装店，饮食店和娱乐消费节目。看到这个情景不免令人心怀杞忧。这里的讲实际会堕落人的，使崇高理想变质，而且对于许多方面起坏影响的。说真话，作家教授争的都容易从个人出发，对国家全局关心不够。是资本主义中毒极深一个地区，同时也还是小资气息浓厚的一个温室。从政治热情而言，远不如北京之纯。当然这一切也只是点点滴滴的接触，不是什么深入研究。可是础润知雨，从各方面看来，这里的人还像是有些特殊例外，和全国发展不尽合拍。或者说待教育，待好好教育，通过各种远一些的措施来改造，不然到一定时候，还会起不良作用，妨碍了国家向前。知识分子中个人主义浓厚，非知识分子得过且过毫无远大理想，这两者是主要病象。有形的租界虽已去掉了，无形的租界还存在，知识分子和许多市民都还生活到这个无形的租界里，十分习惯。报上说的国内什么什么，对于他们都可以说无多意义。他们都像是十分聪明，可是也可说相当愚蠢。特别是一些穿新衣在街上逛的年青人，都没有性格，都莫名其妙。一部分人在日本侵占上海时，是一样的在这里悠哉游哉荡街的，所不同处是上次是他的父亲荡，现在是儿子荡罢了。其中自然也有万万千千聪明精干的人物，一出了学校就向东北西北跑的。这只限于受了好影响的学生。一般工人中也有为支援国家建设离开这个销金窝的。大知识分子习惯于这里讨生活方式的，大致都乐于在此老死不动，因为实在说来生活条件远远不同北京。找钱方法又容易，而老式自由空气却在嚷、在酿。我过去不欢喜这个地方，现在还是不欢喜。

我将在这里看五一了。三号左右可能过杭州，也可能即回来，看几个同伴日程安排。

二哥

卅

1957.05.02　致张兆和

五月二日

三姐：

今天到处在放假，因为昨天热闹了一整天，有的人或许还跳了半夜的舞！一半铺子都和过年一样上了铺门。我到博物馆谈了一天情况，才明白这个单位人数大得可惊，东西也收得不少，可是研究整理工作却差得很。很多人可能都宜于转到另一个机关里去干别的工作。不过到什么地方去？或者还是问题。许多人似乎都还不明白如何进行工作，减去三分之一大致还是能照常进行工作。女的人数占一半以上——七十多位，在机关干部中，实在可谓惊人。因为女的能研究的似乎只有一人，还不大明白究竟是在如何研究。最接近群众的十四个说明员，女的也占多数，工作比小学或初中教员待遇好些，工作量却不如教员之多，一天作两次说明外还可有二三小时自由读书。困难处只是不易在业务上提高。对工作倒挺热心，惟业务上领导他们的，不能如何帮助他们，因之说明工作必停顿到一点上，不容易丰富了自己知识，再来增加观众认识。这也正是各省博物馆面临现实情况，亟待改进的一个环节。故宫说明员同样碰到这种问题。虽在进行“文化教育”，作用不大。这些人亟待增加的是“文物教育”。是一系列“专题教育”。目前国内却没有可学处。有些研究人员自己就不知道如何措词才得体，自然对于说明员难于作具体帮助！补救他，或者还是部中或局中，或历史博物馆故宫博物院有几个专门名家，编成一个“机动部队”，各处轮回去考查工作，轮回去讲问题，每到一处，能留下一二星期或三五天，作三五个专题报告，对于他们工作的提高，将有显著改进。有一年时间，全国走得也差不多了。再拿所见文物知识来丰富本院本馆研究工作，对于本单位工作改进，也必然有绝大好处。我想能那么作对国家这部门向科学进军，起的好作用将是十分显明具体的。只是如何来进行，将依旧是个问题。因为部中局中几年来都不曾对于这么一种工作准备过人材，院和馆即有条件，也不曾好好培养研究工作的全面发展，因此即或只要三几个人的工作小组，到实行计划时，倒不容易组成！甚矣，人材之难得。机关中见得多、懂得多的各种专家也还有，只是对文物眼目鉴赏而已，知识局限性大。要把这些知识用三五千字作一总结概括说明，又具历史观，又能旁征博引文献，结合论述，又能具有新的见解和立场，说来轻重得体，不容易。可是我却想搞十个题目试试看。目下大约已可作五六个小专题历史的叙述，写出来不至于外行，只是待解决的却将不止十个，可能是二十个。这一环能有人，其实不止是全国博物馆说明员能得益，即省市文物研究工作者也必然有好处。因为如仅就一省一市地区材料作研究，有许多问题将永远不会明白，说不出所以然的。换言之，研究工作作不好。

目下还有另一极重要待解决的，即教书先生不搞文物，不会用文物证史，丰富历史研究或加强历史教学的说服力。几个学校教授利用文物都达不到应当有的情况。都待重新找办法！也一定要有一办法，才能配合社会发展要求，不至于让下一代学生还依旧那么对文物无知，以及先生对文物无知。

小妈妈，工作看来简直是什么都还待重新走第一步。是一种崭新的工作。走在前面的人却那么少。这比写点散文短篇故事，实在难得多，作用也大得多，要人肯担当下去。我知识也极有限，可是却明白这么作对整个文史研究工作是一种革新。是这个新社会发展一个环节。还有即从这个知识基础上，才好搞艺术史的研究，并且弄明白工艺生产中，什么是民族形式最值得取法的，可望转入新的生产，提高当前水平的东西。这里待提出的又是一系列千百种东东西西，却必需是从万千种东西中挑选出来的。也还有许多许多工作待做。能多活二十年，将可完成多少事情。将可如何切切实实的做好些事情。但是如照官看来，都不免只是“等等看吧”的等下去。有些事一等五六年，耽搁了。

这些工作不比创作，和创作有个基本不同处是：创作短篇每一次都自为起迄，都近于从新开始。正如同赛跑，你参加各种距离跑，一百米记录虽好，到五百米那一场，又得另从起点走去。不能用那次一百米的记录。而且受时间限制严。至于搞文物工艺，尽管工作千头万绪，只要能就全国材料作综合，只要看得多，材料在手边，就可以不太费力在一较短时间里，作出许多事情。过去三五十年难于见功的，现在三五年也可以完成。

这里夜一深，过了十二点，江面声音和地上车辆作成的嘈杂市声，也随同安静下来了。这时节却可以听到艒艒船摇橹荡桨咿呀声。一切都睡了，这位老兄却在活动。很有意思。可不知摇船的和过渡的心中正想些什么事情。是不是也和我那么尽作种种空想？它们的存在和大船的彼此相需的关系，代它想来也有意思。动物学中曾说到鳄鱼常张大嘴，让一种小鸟跳进口腔中去啄食齿间虫类，从来不狠心把口合拢。这种彼此互助习惯，不知从何年何时学来。这些艒艒船是何人创造的？虽那么小，那么跳动——平时没有行走，只

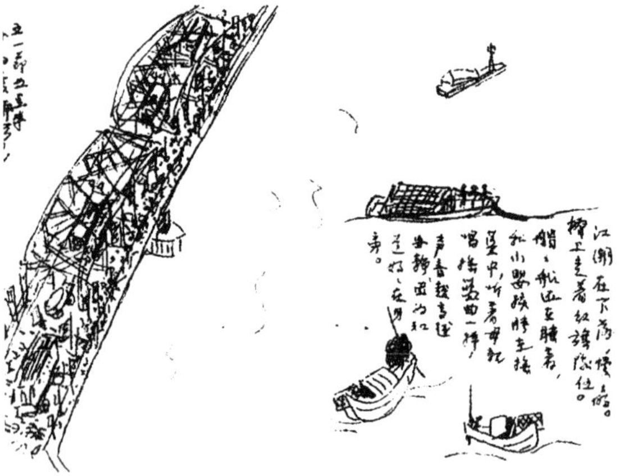

五一节五点半外白渡所见

江潮在下落，慢慢的。桥上走着红旗队伍。艒艒船还在睡着，和小婴孩睡在摇篮中，听着母亲唱摇篮曲一样，声音越高越安静，因为知道妈妈在身边。

沈从文绘

要有小小波浪也动荡不止，可是即到大浪中也不会翻沉。因为照式样看来，是绝不至于翻沉的！

二哥

六点钟所见

艒艒船还在做梦，在大海中飘动。原来是红旗的海，歌声的海。（总而言之不醒。）

沈从文绘

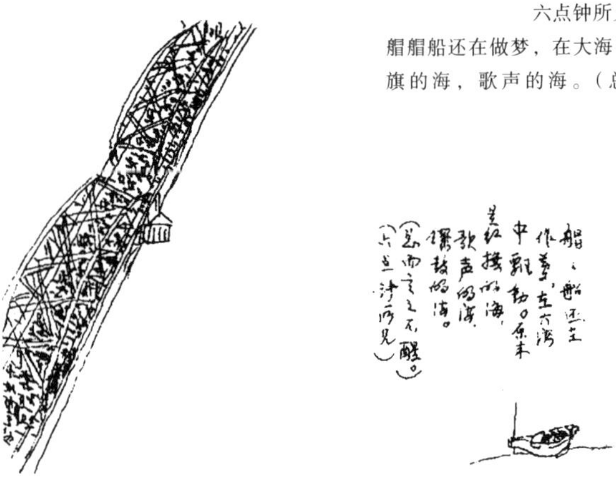

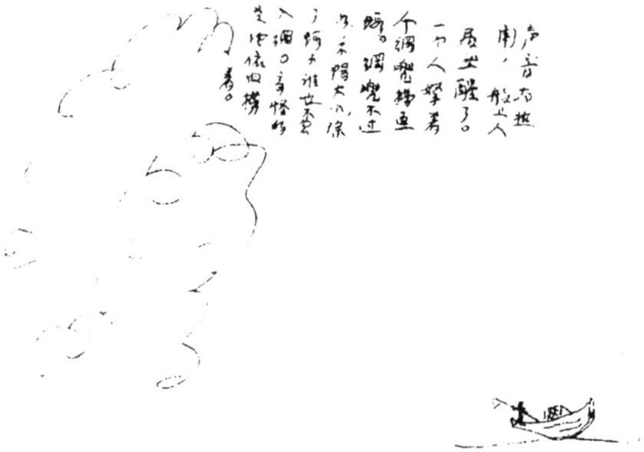

声音太热闹，船上人居然醒了。一个人拿着个网兜捞鱼虾。网兜不过如草帽大小，除了虾子谁也不会入网。奇怪的是他依旧捞着。

沈从文绘

1961.01 下旬　**致张兆和**

三姐：

今天量血压，已下降到极低点，高140。低压虽还在90，照医生说也已经和年龄要求相差无几。据闻主要影响是玉米油作食物。已第四次验血组成分，如胆固醇同时也下降到二百以下，问题大致就差不多了。闻心脏还是不大好。因此暂时还只服药降压灵一粒，不宜大降。过两天将进行一种针对心脏的什么治疗。左臂在用蜡热治疗，是躺在床上用一大块白蜡包住左臂，约卅分钟，隔日一次，明天以后将每日一次。吃的还是油多，今午吃鱼，量不少，大致在六两左右一盘，加二两油，因此油糊糊的。照目下说明，是可将胆固醇分配量减少有效方法。（另一面也是调整较长时期营养单一、不足的一种疗法。）是照苏联治疗意见着手的。照我自己说来，倒是“吃得好，不用脑，长长睡，按日洗个澡”必然结果。闻巩固在气功，星期六才正式传法。事先看护已日日提到方法、过程、境界、问题、疗效。重点在气功。一点破，方法倒又似乎简单之至，即想出一定办法不用头脑而已。话说回来即正式承认二千年前的修仙学道的“导引”，和千多年前和尚的“参禅打坐”，以及十余年前会道门的“传法”，都有条件找出理由，加以承认、肯定，认为还有道理是也。目前说是“大脑皮层的休息控制”。事实上可能和“自我催眠”有关，惟照医学目前说明，是不提“催眠”字样，免得和巫术相混淆的。事实上到另外一时，恐还得回到这两个字上来。

安娜已看完，这本书有好处也有一定弱点。写事，笔明朗，如赛马，猎鸟，农事收获，及简单景物描写，都很好。至于写人，写情感变化，有些过细，不大自然，带做作处，似深而并不怎么扎实，乍看好，较仔细看，即觉得不十分好。托自己并不十分满意，是有道理的。评传说英译本将重要议论涉及批评社会制度，思想激烈部分多删节，因此重点转成“恋爱悲剧故事”，不大合符本来目的，评得中肯。周译似即此经过删节的译本，所以讲到社会问题，对话多含胡。又暴露旧俄上层社会生活之无聊，如俱乐部种种，还好。我想把《战争与和平》也看看。如还有屠格涅夫的《父与子》或其他，也看看，可对照得一印象。因为屠在背景描写上加工，有长处。写人分析较少，让人从谈话中见性格，见思想，方法上还是有长处，比托时时用解释方法分析情感，倒是屠的方法比较自然。看看这些十九世纪作品，有另外一种好处，即使我引起一种信心，照这种方法写，可以写得出相等或者还稍好些作品，并不怎么困难。难的不是无可写的人，无可写的事，难的是如何得到一种较从容自由的心情，来组织故事，进行写作。难的是有一个写作环境，成熟生命还是可以好好使用几年的。我想到的总还是用六七万字写中篇，至多有八万字，范围不妨小些，格局不妨小些，人事不妨简单些，用比较素朴方法来处理。如能得到较从容工作环境，一定还可以写得出几个有分量东西的。这自然也只是目下一种主观的估计，事实上脑子的使用还是有一定限度，未必能作到。最难的是作品写出来后，既能为自己批准，又能满足客观要求。这种矛盾统一是不容易的。我希望能有机会到西南走走，会可望有些收成。若一月后医生还说心脏不大健康，倒也许是另外一种转机，因为工作恐得改变。如能作半天工，或者将有“塞翁失马”事出现，有重新试来计划写个中篇可能。看看近来许多近于公式的歌剧、话剧及小说，写土豪、劣绅、军官等等恶人通不够深入，写好人也不怎么扎实，特别是组织故事多极平凡，不亲切，不生动，我还应当试把笔用用，才是道理。如真的照过去那么认真来写，一礼拜写个五六千字，用四个月或半年写一中型小说，不会太吃力，写成也一定不会太看不下去。

在这里杂志上看到几个短篇，都不好。都不会写，不会安排故事，不会对话，不会写人。没有办法看下去。报上特写写人事更加不易感动人。散文和诗写到景物时，都不知如何着手，文字不够用似的，也一点不真实。恐怕和每年选的选本作为标准也有关系。大家都用来学习，取法，越学范围越窄，再也无希望从文字上见新风格，或性格（恐怕得想点办法了）。报刊上似乎还不曾有人肯提及这个问题。正和工艺美术及美术上碰到问题一样，都只说“好”，事实上在讨论外销时，却都明白有问题，无市场。有的拿去展览即展不出。但是还是在照常生产。待改进生产，并不讳言。文学——一般报刊文学，商讨到如何提高现有水平质量问题似极少见。介绍外国的作品，如像一些诗歌，也都不怎么精彩。不知是什么缘故。是不是编辑注重点多不放在这上面，不大客观，还是另外尚有问题？这里放的几种理论刊物，就少有人翻阅，多崭新的摆在架上。有些连环画册倒翻得又油又破。住院的大部分还是知识分子，头脑劳动者，难道是头脑都太累，因此只想看看画册子消遣消遣？还是新文学和这个多数生活，根本上即并无什么关系？有一点让我看到有些如托尔斯泰小说中列文感到的忧虑，即一吃过饭，好些休息室好几桌麻雀牌都坐上了人，几个女教授和中学女教员，都十分溜刷在行在那里洗牌，精神很好。玩得那么热心，正如把我带回到三四十年前社会环境中去，不免有点痛苦。因为让我体会到社会还是有一个相当多数，是只会从这个老方式寻开心得快乐的。还是有许多人乐于用这个方式消耗有限生命，而从书本上求真理得快乐，即或是“知识分子”，也并不怎么热心的。这也是一个问题，应当在文学中来提提。或讲讲什么什么不大好！但是说这个不免近于迂腐，因为社会还是习惯这么下去的。特别是一般书籍如果并不能给多数人比玩麻雀牌更大一些的快乐时，这些书籍再多也是无意义的。我以为《人民文学》还值得作些带主动性的试验，即把它分送到凡是受过大学或中学教育的机关干部、医生、看护，病院，生产单位如工厂……中小学教师……附一张测验表，提出些问题，问问读者欢喜什么，看过后有什么印象等等。有一时记得车上曾订得有，后来却只有画报和连环画了。我听到许多人说现代人小说都只欢喜《林海雪原》，原来欢喜的是惊险，是把看《七侠五义》的习惯情感转到新的作品而觉得动人的。事实上这些读者更乐意看的也许还是新西游记新水浒传，至于什么短篇，可极少人有兴趣。至于诗，作者自以为政治性强的，读者却简直是全部挡驾，看不懂，无意思，不知说些什么事情。我们说文学应面对大多数群众，这个多数认真说来我们是太不明白，太不认真注意了。新作品对他们一点都不需要，你们可不曾注意到。新作品在这个真正多数起过些什么良好作用，你们也并没有认真注意到。你们可以说并不懂读者，作者也不懂，批评家写的文章，和一般读者且隔得更远了。许多作品只有准备写文章和教师要看，和多数读者全无关系。这实在是一种值得注意的事情！我在这里还看到几册电影刊物，多用旧戏编的，又看电视，也是京戏编的，到处是王爷、公主、元帅……我觉得这一切综合作成的影响，是不怎么好的。

1961.02.02 致张兆和

三姐：

你把刀也带回去了，这里只好连皮吃苹果。今早听《游园惊梦》极好，不是李淑君即是杜近芳或言慧珠，不妨买一面密纹片过年。血压已降至 150/90，看情形已到最低数，能巩固即不错了。其实能长保 170/100 已不错。

《战争与和平》极好，也译得好。看三册火焚莫斯科，不过用一章文字写，却十分生动。不过从彼尔眼中看去，却极感人。写法兵抢劫，也不过用一页文字，写枪毙平民，不过五个人，可是却十分深刻。真是大手笔。写决定放弃莫斯科的一次军事会议，却只从一个六岁女孩眼中看到一个穿军服的，和一个穿长袍的争吵，又有趣又生动，真是伟大创造的心！写战争也是文字并不怎么多，不到二三千字，却全局开展，景象在目，如千军万马在活动。都值得从事文学的好好学习！我们《红旗飘飘》文章有的是不同动人事件，可是很多却写得并不动人，且多相同，重点放在战斗过程上，表现方法又彼此受影响，十分近似，——不会写！还是要学会它。你们作编辑的，事实也应分多学一些，把这个本领学好些，则随处可望点铁成金，草草数笔，即眉目生动。一般说，还是不够重视这一表现问题。也不怎么认真十分用十九世纪作品，和“五四”以来部分作品作参考对象，来有计划学习学习。如能仔细认真读一百种书，真的用一年时间来共同读一百本书，结果你们必然会觉得工作便利得多！对作者帮助也大得多！有些描写方法，安排，组织，表现技巧，乍看作者总是不太费力，却有极好效果。写景也是并不怎么着力，不必特别渲染，只是把当场应有的情形略略涂抹。又在极大事件、伟大人物描写上，常常作些比拟形容，似乎不甚庄重，可是结果却生意盎然，充满生命，转近自然。总之，一个善于学习的人，即可以学得许多东西，不善于学习，只呆记住什么人评论托或其他的思想意识，必须注意的具体长处学不到，概括的唯有教授写论文编讲义才用得上的论断，却记得特别多，结果是毫无用处，没有丝毫帮助。等于要王嫂记“营养学”，某种菜有多少“维他命”什么什么，去协和医院学炒菜配料，毫无用处，事实她应当到的却是“萃华楼大厨房”，那里有具体手艺，正是她所要知道的。你们也应当直接学多些。

礼拜天要小虎和朝慧来看看我也好（天气太冷就不用来），带小瓶橘子水来。医生今天说要吃，内中有钾，可解除盐问题。头这几天又不大好，不知何故，血压并未上升，食量却在减。腰有点不怎么。十二点还睡不着，也许是卧功半小时把精神回复过来？左臂大致还得换一种疗法。这里吃的有时贵些，数目不一定，平均总是一元多点一天。这里有本左拉《萌芽》，好大一本，或许会看完它，完全用学习的态度来看，还是新的经验，可得到许多知识，特别是表现方法，极有用。写人写事方法，有用。如能有时间把屠、契、佛……什么什么十九世纪的大手笔全看看，主要的看看，还是有意义。

二哥

1961.07.23 致沈从文

从文兄：

先后收到你五六封信，觉得有很多话要说，可一时又说不清楚。关于创作的一些经验和甘苦，你谈的我觉得很对，也正是这次文艺工作会议开了二十天会所要解决的问题。可是对于文艺批评家的态度，以及作为一个社会主义国家的作家对创作所采取的态度，你的一些看法我不敢苟同。我觉得你的看法不够全面，带着过多的个人情绪，这些个人情绪妨碍你看到许多值得人欢欣鼓舞的东西，惹不起你不能自已的要想表现我们社会生活的激情。你说你不是写不出，而是不愿写，被批评家吓怕了。但是文艺创作不能没有文艺批评，文艺应当容许批评，也容许反批评。百花齐放百家争鸣方针正是鼓励大家多发议论，用各种不同样式风格表现生活，文化艺术才能发展繁荣。说是人家要批评，我就不写，这是非常消极的态度。当初为寻求个人出路，你大量流着鼻血还日夜写作，如今党那样关心创作，给作家各方面的帮助鼓励，安排创作条件，你能写而不写，老是为王瑶这样的所谓批评家而嘀咕不完，我觉得你是对自己没有正确的估计。至少在创作上已信心不大，因此举足彷徨无所适从。写呢？不写？究竟为什么感到困难？不能说没有困难，创作这种复杂的活动，主观方面，客观方面原因都有，重要在于能排除困难，从创作实践中一步步来提高，不写，空发议论是留不下好作品来的。我希望你能在青岛多住些时，一则因为今夏北京奇热，夜晚蚊蚋多，睡不好觉，二则能在青岛写一篇或两篇小文章，也不辜负作协为你安排种种的一番好意。这在你并不是很困难的。家里住处挤，小龙可能还要在家休养一个时候，当然这是可以想办法的，单看你的决定。还需多少钱，望告我，前寄六十想收到。

我们刚发完七、八月号合刊号，接着就忙加工九月号，照例那一星期左右的比较不忙的间隙也没有了，所以也没有能定下心来给你写信。北京瓜果也陆续上市，西瓜二毛五一斤，很好。桃、荔枝、花红都各吃过一次。夏天蔬菜多，每天吃西红柿，多而且好。

云六大哥来信，二丸子已定婚，大伯为寄了一双篮球鞋，三嫂为寄来袜底六双绸旗袍一件。又给大伯寄了降压灵去。奉胜琼患肠癌，剖腹以后才发现是癌，已无希望，她自己还不知道。我去医院看过她三次，那么好的人，医生也束手无策，我能为她做些什么呢？想到在为人类谋求幸福方面，征服自然攻科学关，我们有多少工作待去做，而帝国主义战争狂人却拼命制造冷战搞军备竞赛，这些人为了自己的利润不惜大量毁灭别人！为打倒这些人，爱好和平的人们应当怎样更好的团结起来啊。最近我看到希克梅特在《苏联妇女》上发表一首诗，这诗不胫而走，到处传诵，在日本反美日协定上起很大宣传作用，这样的诗，能在和平运动直接起这样大的作用，感人至深，我觉得，就是最好的诗，诗抄如下：

《一个死去了的广岛小姑娘》

开开门呐，是我，
我敲了一家又一家，
你们都看不见我——
死去了的孩子本来看不见嘛。

我是十多年前死在广岛的，
那年我才七岁，
现在我还是七岁，
死了的孩子是不会长大的。

先是头发烧着了，
后来眼睛也焦了，
完了，我就变成了一堆灰，
灰也给风吹跑了。

请你给我开开门吧，
我什么也不要您的。
烧成灰的孩子，
连饽饽都不会吃了。

我就求求你，
叔叔和阿姨，
我就求求你签个名，
好让孩子们别再烧死，
好让孩子们都能吃甜饽饽。

能写出这样诗的诗人有多么宽阔博大的胸襟啊！写出这样的诗，我觉得无愧于革命诗人和平战士的称号。我们应当有这样的诗人和作家（包括你在内）。写出这样作品，是人类的骄傲。你说呢？

兆和

七月二十三日

1942 致易梦虹

梦虹兄：

这个信好像是你当真给一个人写的，因为情感发展得真切。你做句子方式似乎与茅盾、巴金文体相近，适宜于论事，用作抒情嫌句子长了些，近乎文章则与语言离远，写信有时不亲切。要它亲切，文体或得改造改造。《爱眉小札》或《翡冷翠之一夜》上有几首长诗，都极力使文字近语言转增加生动，试去看看，一定可保留一种印象，可作参考。据我私意，你文笔宜于写带论事性质散文，有情感辞藻将增加那文章生动。若写信，想文字亲切而贴近语言，真正可永远师法的一本书，倒是随地可得的《圣经》。新旧约给我的启示即极大，尤其是用文字造风格有以自见，这本书有好些地方俨如在示范。譬如用比拟法，即其一例。试把它和《红楼梦》放在身边，当成学习控制语言的参考工具，我觉得有益无害。

弟从文　顿首

1983.08.07　复小岛久代

小岛久代女士：

得七月廿五日惠书，深感厚意。承询诸问题，多是四五十年前过去事。近因年老体力衰退，业已瘫痪在病床上将近半年，脑子虽还得用，但也明显在衰退中。原本作书多用毛笔，今右手虽未失去写字能力，但已力不从心，只能由家中人代笔。

一九二八年到一九三〇年一段时间中，虽短期与胡也频夫妇同在当时萨坡赛路204号得租一房子，并无冯雪峰在内，始终还未见过冯雪峰。当时熟人有戴望舒、徐霞村（现代社方面的）；徐志摩、丁西林、袁昌英、罗隆基、潘光旦、胡适之、高一涵、郑振铎（新月与中国公学的）；赵景深、刘大杰熟而少往来的；周鲠生、杨端六（独立评论社的）相熟，往来也不多；郁达夫虽同在上海，过往不多。巴金、靳以、健吾来往较密。因为性格好静不喜活动，因此很少和友好上茶楼酒馆，且因生活压力大，每月每天绝大多数得消耗在工作上。这时节用笔虽已比较成熟文字比较自然灵活，但是自己明白，只是少数作品能比较有计划去写，如为学生举例而作的《腐烂》、又从孤寂生活中写成的《会明》，虽写成后备受同行熟人赞赏，事实上一切作品还是在无计划中写去。很少有意识要达到什么目的，不是胸有成竹或通盘打算而写下去，从不考虑应当如何结尾。总的说来，一切就是这么写下去，从不怎么预料到应如何结果。

一九三一年夏天去青岛大学教习作时，才有举例示范而完成一些作品，如《如蕤》《八骏图》《若墨医生》及依据《法苑珠林》改作一些佛经故事时，才进一步有意识写一个故事的起尾，所要达到的效果在动笔前预先考虑到，并有意识的注意将达到什么效果。原因是工作已不必如上海时交卷之事，有较从容时间作出每一篇章的整体效果。事虽如此，有些作品依然是近于信笔所至而成。

至于一九三三年后来到北京写《边城》时，仍是一章一章的写下去，完成第二章时，还根本对于第三章的故事内容不注意。这种写法恐不足为训，只是个人用笔习惯。真正大作家，大致不会这么用笔的。一九三四年后情形已不同，写什么时，方在动笔前即明确所要达到的目的。但一般短小作品还是照卅年代旧办法，不大事先明确具体轮廓。内中唯有《湘西》一书，是胸有成竹的作品。此外如《丈夫》《三三》《萧萧》等，比较下，可说目的性相当明确。可是由我自己看来，都近于试探性的作品。我意思是短篇虽若一个小曲，世界和中国的小说已够多了，要见出新意，突破前人纪录，还是值得作各种不同题材各种不同的写法，取得新的成就。这对个人生命而言，似乎有些不经济处。我个人却以为我的不断作新的试探，失败了也只是个人的损失，若居然能有所突破，对年青一代或许还有点益处。对他们能够有所启发，不至于在新的要求下，为社会一时要求所限制，使这部门工作僵化于一时社会宣传号召中，对随时变动社会不仅帮不了什么忙，反而形成一个差不多的公式化路上去。

所询《烛虚》《云南看云集》，国内已很难见到。我的旧作选集正在陆续出版，这两个集子内容大多编进新选集。得书后我即为你寄上一套。

很高兴能在中国再见到你，只希望到时候我比现在恢复得好，能多陪你谈谈种种。

刘大年先生未相识，因社会科学院分门别类人达二三千，即同属历史所，若非素识，即无机会接触。

即此敬复，并颂教安。

沈从文

一九八三年八月七日

1979.12.29　致凌宇

凌宇同学：

承惠寄你写的关于我作品的分析，细致认真处，我和家中老伴读后，都十分感动。且俟过了年后，再约个日子，邀你来谈谈，告告你别的书中从来还没有提及的一些问题，对你这工作，或许会得到些补充便利。又各书既已烧尽，时间已将卅年，我还有些作品，你可能多尚未见到，幸好香港方面寄来两批旧作，一共约四十本，全是盗印本，部分若未见过，不妨借一部分看看，会得到些较新的启发。上海师院有个邵先生，费了不少时间心力，从各图书馆报刊上，搞了份关于我作品材料，详细注明我作品发表刊物年、月、期数，等于一个长篇年谱。北京方面一九四七年到解放以后的，却无从找寻，你来时，我当告你一些内容和刊物名称及笔名，或可望得到进一步理解。使我稍微担心处，是你出于家乡感情，很容易把我一切习作成就，估计过高，对你不利。因为我可说是一个极平凡的人，只不过因缘时会，当大多数同时人去革命时，由于我为人不中用，不仅打不过人家，也争不过人家，只一心专注到工作的试探上，别的全不在行，恰好在廿五年以后，又已经通过许多挫折，习作有了出路，每月可以得个廿卅元稿费（有时只十来元），就把学习坚持下来了。大革命时，本有机会向武汉跑，却向上海跑，正如在自传中末后说过的，觉得“知识”比“权力”重要，所以放下一切取得权力的打算（甚至于极厌恶一切官），始终只希望向知识进取，在习作中到廿八九年后，表面上已见出一点成果，某一时期，其实生活上依旧十分糟。直到四马路各书店，大型刊物总有我的作品时，生活收入实在还不如一个中学教员。还记得有一次去新月拿稿费时，得不到书店一文钱，跑了几家情形相同，我于是就坐在当街橱窗下，看来来往往买我的书的人。这些人绝无人会料想到，我正在毫无办法中！有些小报却正造谣说我买了大房子。因此不得已才改到学校（中国公学大学部）去教散文。平时既不会说话，初上讲台时一句话说不出，足足挨了二小时。至于在这种情形下，还不至于被学生哄走，一则是背后有一大堆习作“保驾”，再则在宿舍中为学生改改卷子，还是比较细心耐烦而已。初上班，选课的，照例的学生相当多，因误以为我对于这一行必有什么秘密。待听过三五次课后，发现原来毫无什么秘密，只劝人学习叙事，由写信作开始。同学大多数无不失望改课，人越来越少，这事对我帮助可极大。因为选课的不多，空出时间也多了，既可大读杂书，又可有更多机会自己练笔，所以一九三一、三二年在青岛大学那一段时间，十分自由少拘束，每天可以山上各处走动，一天睡个三四小时，精神还挺好。约在两年内，似即出了六七本书。如《自传》，不过四星期即完成，未校对二三次，即匆匆付印，却得到些好评。回到北平，由一九三三到一九三七，又写了一大份，且还能分出许多时间，为人改稿件。上海方面有意贬谪我的工作，从小报上造成一种假象，以为是什么“小京派头头”，即由之而来。其实我最讨厌的是“派性”，因为极易形成一种封建势力，不少作家我始终就不相识，即家乡几位到了延安，解放后回到北京，荣升了某部首长，和我就往来不多。若真有什么派，何至于让我卅年中过这种日子，住处还用一个擀面板作书桌，总面积还不到廿平方米！

总的说来，这两段时间可以说是我生命最旺盛期，用笔较成熟期。在不少旧同行，似乎却多从争吵中费去了。取舍不同，也就种下被有权威性的教师批评家，加以种种中伤恶骂机会，终于到解放不久，所有作品终于形成一火而尽灾难。你若看看良友选集题记、《边城题记》、《湘西题记》，以及一九五七年小说集题记，你就会明白许多许多不易理解处了。也明白权威批评家的大作，不是对我作品轻轻带上一笔，就一字不提，以及贬得一文不值，是什么意思了。甚至逃到台湾的“文化官”，也放不过我。八百万美式装备，还打得一败涂地，不承认输到官僚主义上，还似乎应当由我作品负责，竟别出花样，用明白法令，永远禁止我作品重印或发表是什么原因！作品的遭遇，也可说是历史中的奇闻，同时也是少有趣闻。明白此路不通，过去人说“秀才见了兵，有理说不清”。现在则是“乡下人见了官，有理无从言”。在内地作品为“过时”，据说已无什么读者。在台湾又似还有读者，会扇起不良影响。总之烧掉省事。换一种话说，未免太抬举了我！因为在位的虽有权，只会滥用权力。国家还是热爱的，不妨即换一方法来爱国家。所以到博物馆一住卅年，不声不响，长年把所学为各方面打打杂，也还像个“合格公民”！亦可说“塞翁失马”，若不即早抛弃“空头作家”名分，用个一切“听候使唤”态度混下去，末了或许终不免和某某等得到同一命运，一冲完事。正因为没有向上爬的能力和野心，虽在“文化大革命”极端恐怖混乱中，所有一切作为纪念性的旧作，和近卅年新的本业所不可少的工具书，几乎全部用七分半一公斤的市价处理完事，最后还被下放到个和外边近于完全隔绝状态的湖北双溪区丘陵高处，一孤立空学校中，居住下来，血压高到二百五十，低压也高升到百五十，在近于完全绝望中，却得天保佑，居然活下来了。虽二年左右，迁动住处六次，也够狼狈，但是既看到林彪完事，还看到“四人帮”告终。直到如今，我居然还能继续为各方面打打杂，以个人言，那会有什么不平？但对国家言，则未免空怀杞忧，亦无可奈何。以文代会为例，在这次文代会中，只听到某某争名位，十分激烈。在争吵中近于短兵相接事极多，可极少有机会听到有人商量，把各组分门别类，比如说，对于短篇小说，如何才会产生较有分量，又还能持久些些新作品？为什么作品向外宣传，大量译成日、法、英、意等国，年费千万钱，印行以千万本计的书刊，始终不怎么取得应得效果，具体问题何在？又应如何改进过去主观的设想，接受点现实失败经验，改改“此路不通，偏要走去”的老方式，和旅游事实差不多，总是赔老本？为什么不重选一二百种“五四”以来作品，用小册子方式（可放入衣口袋），搁到各航空站，用最基本价格去出售，比如说二毛一本，事实上可远比其他宣传品还易起好的作用？目下印的一个关于旅游指南相等的美术册子，由日本代印的北京版，登载了不少日本广告，内容如个真正“杂货铺”，厚厚一大册，比电话簿还重得多，可从不为外来旅游人设想，携带那么大一个图录到处走，得用多大气力来担当？还听些熟人说，近年译印一本《××史》，送出国外卖不出，又不便运回，只好火葬了事。文学部门出国考察的，前后去人不少，对所去国家文学，即或有一定研究，对某一国家文学市场，却不一定感到兴趣。多重在自己出出小风头，可不会感到“自己”以外较大兴趣，如何有效推销本国作品？更不曾明白是责任之一。所以有的给人印象，只是一个“文化官”，他自己可并不明白“文化官”在外，即在交际上也不易占上风！若原本对本国内文化各部门多无知，或所知极其有限，出去木头木脑到处参观，回来做个报告也不知从何说起。至于在国外被人邀去参观公私收藏中国美术品时，更经常闹不少笑话！三十年前我因陪外交部助理杨刚（是周总理兼管外交时，多年即相熟），参观敦煌展览后，我即告她，外语学院毕业的，不问在国内陪外宾充译员，出国作“文化参赞”，似乎都应当加强提高对本国文化的知识，才能称职而不至于闹笑话。她回信告我已注意到这问题。这建议至今卅年了，其实还并未过时！但这么一个问题，真正由外交部转给外语学院来认真学习，即由国务院下命令严格执行，二三年内转公文，也未必可望转到学校中，进行商讨和实行。凡是相熟美籍华人，充满好感回到中国的，不少人总留下个官多做事慢的惊奇可怕印象。但是我们自己，却以相应不理态度，一切依旧混下去。正如学校，人都觉得设十个八个副校长，只供开会用，真的办事人可不够用。世界上技术竞争那么激烈，争分争秒的干，我们却在若干上层、中下层，不断开会闹对立中轻轻度过了一九七九年！封建意识的抬头泛滥，可说是全面的，在任何一部分都可以发现，怎么不令人着急？特别是七十岁以上的人，深深明白这个新国家是死亡了大几千万人命换来，得来如此不容易，而不少当家的，却陷于无可奈何状态中，如何不感到深深痛苦？

我们这边正在近卅年本业工作中，研究如何把工作面加以扩大的计划，也许有实现可能。我还可望争三几年时间，为这部门打个较新的底子。到八十岁有了点基础后，再交人接手。因此去年即拟进行的印个新选集，至今还不易着手，或许已无时间可以着手。据我个人私见，所有过去作品，多是半世纪前习作，真应当是“过时失效”的破烂货。搞这工作原本设想，也只是如一九五七年那个新选集题记说的：“作为一个打前站的卒子哨兵而进行。”这卅年社会面貌已经全面改观，个人任务已尽，宜于在“忘却”之列，免得成为年青有为少壮绊脚石。照古人说，“虚名过实，易招奇灾异祸”。我所得于国家的各种好处早已超过应得的甚多，万千真正有功于国家的人，多在近卅年种种人为风风雨雨中毁去了。即在旧同行、老同事熟人中，也多半已报废。以我那么一个渺小俗气的乡下人，才具既平平无奇，思想水平且并不高，又极端缺少阿谀逢迎能力。在什么最新文学史中，一个字不提及我，实在也十分公平合理，并不感觉什么遗憾。说真话，什么新文学作家自传中，我就决不会踊跃参加，也不让别的亲戚代笔来作。别的人对此充满了兴趣，或许写的自传比他本人作品还多，我也无反对理由，倒乐意作个读者，充满欣赏好意，如同看《天方夜谭》来欣赏！至于个人，却实在觉得已不必要来自表功。那有作品在全国范围内都已焚毁后，还来冒假“空头作家”道理。至于家乡人充满家乡感情，来说几句比较客观公道话，我能相告的总会一一相告。但仍希望限制在一条线上，不要过线，一切从“实事求是”出发，还得注意不要损害到当权、有势，可并无什么作品各种文化官的尊严。最好是把我未完成的工作影响范围缩小，限于略略有助于家乡后来一辈，可为他们打打气作用上，即可少犯错误。作品重在让同乡明白这个国家一角，原来是一种什么可悲情况。土地人情实那么可爱，而半世纪却在陈旧统治方式下，如何凄惨挣扎，特别是外来为官作宦的下江人，如何贪得无知，残暴私心，使得地方（特别是苗人）在令人难于设想的压迫下，死去了成千上万的生命。我亲眼就见过杀了几千人！我在将近四十年《湘西》一书中提到的湘西问题和苗民问题，并不是给一般读者开心的有趣的空话，就很好了。

至于近卅年，家乡面貌既已基本改变，苗族问题，且可说比所希望进展得还更彻底。国家在进展中，湘西当真已成为全国所关心。只是据闻熟人言，直到目下，省中某些人，总还在旧意识中看待湘西边民，这就有待同乡共同努力，从各种工作中都能用个真正主人翁的态度，想尽各种办法，分别努力，合力同功，来鼓舞年青一代的干劲和信心，深一层来努力了。我今年已七十八岁，报废恐是迟早间事，但新的湘西，年青一代据我看来，待作可作的事，实在还多。前不久，曾和熟习湘西问题的李振军同志谈及，明年如有机会，当和他夫妇，及黄永玉夫妇一道去湘西十多县各处看看，向在本地负责的同乡，商讨学习，多明白些问题。或尚可望就能力所及，为地方做点小事，并作些较新可以见诸实行的建议。这点希望，若到明年可以抽身一行，大致是可以成为现实的。最近听湖南文学出版社同乡谈起，很有几个湘西新作家，笔下都相当好。据我个人估计，其实另外还在人民中保有另外一种动力，有待开发。如有希望在保靖或州上，能办一个中级美术学校，或工艺美术学校，由于自然景物四季色彩区别鲜明，或勉强永玉去担任个短期校长名分，并邀请业已退休的熟习民间工艺的李昌鄂同志，主持研究并改进些民间工艺生产，此二事如得省中和州上支持，用不到三五年时间，或许会出现一批新而有实力具全国性水平艺术家的。因为这方面主要是领导如得人，花不了什么钱，即可见功的。工艺美术则原料足，人民手艺巧，遗产底子厚，在很多方面，条件都比其他地方好。如粗布挑花、旧印花布、木作、编织，有个三几年训练，都可望出成绩，为国家和地方积累建设资金。且可照河北、山东各地组织业余劳动力，创造些有利条件，取得崭新成果！即以挑花绣作和土家族织锦而言，竹、草及农作物中玉米壳编织物而言，原料既有的是，剩余劳动力也不缺少，稍稍有人注意指导，从几个大省区生产取经，拿出些行销世界的产品作为样子，再稍加改进，即可望在广交会上取得出色成就！我别的什么大事已作不了，惟涉及这一部门生产，还有些新旧常识可足供家乡人使用。所以如明年有机会回乡，一定把这个问题作为重点，来从各方面相互交换交换意见，一切从“实事求是”出发，凡是能帮忙处，总十分乐意尽点绵薄之力的。也可通过政协作些易见实效建议的。

琐琐说来，不知觉间已及十五张纸，字又写得相当乱，让你费许多时间来看，不免感到一点歉仄。家中人总说我有职业病，实在说来，这些职业病还深入膏肓！因为近卅年所学坛坛罐罐，花花朵朵，总可望落实到“古为今用”新的生产上，才不亏这卅年！

并祝年中工作进展。

沈从文

十二月廿九

中文系吕德申先生，在云南西南联大，即相当熟。在那里八年中，我一家人的情况，吕先生都十分清楚，有些事找他谈谈，一定对你工作也还有用。

1980.09 中旬　**复徐盈**

盈兄：

转来昌霖先生信，得知《边城》拍制电影事，障碍甚多，事近必然。看情形夜长梦多，最后恐非放弃不可，亦意中事。因电影不比小说，一个小说一时即无主顾，过些日子，或许又复成为“热门”，大有销路。电影和商品关系密切，必须考虑当时能否赚钱。所以不能不注意到目前观众兴趣，甚至于以“吸引眼球”成为中心目标。内容安排，也不能不到这问题上发生麻烦。

朋友汪曾祺曾说过，求《边城》电影上得到成功，纯粹用现实主义方法恐不易见功，或许应照伊文思拍《雾》的手法，镜头必须采用一种新格调，不必侧重在故事的现实性。应分当作抒情诗的安排，把一条沅水几十个大大小小码头的情景作背景，在不同气候下热闹和寂寞交替加以反映。一切作为女主角半现实半空想的印象式的重现。因为本人年龄是在半成熟的心境情绪中，对当前和未来的憧憬中进展的。而且作品的时间性极重要，是在辛亥后袁世凯称帝前，人小军阀还未形成，地方比较安定的总环境下进行的。所以不会有什么（绝不宜加入什么）军民矛盾打闹噱头发生。即涉及所谓土娼和商人关系，也是比较古典的。商人也即平民，长年在驿路上奔走，只是手边多有几个活用钱，此外和船夫通相差不多。决不会是什么吃得胖胖的都市大老板形象。掌码头的船总，在当地得人信仰敬重，身份职务一切居于调解地位，绝不是什么把头或特权阶级，这一点也值得注意。

至于主题歌，我怕写不出，也不好写，甚至于不必写。依我主观设想，全部故事进展中，人实生活在极其静止寂寞情境中，但表现情感的动，似乎得用四种乐律加以反映：一为各种山鸟歌呼声；二为沅水流域放下水船时，弄船人摇橹，时而悠扬时而追紧的号子声；三为酉水流域上行船，一组组纤夫拉船屈身前奔，气喘吁吁的短促号子声；四为上急流时，照例有二船夫，屈身在船板上用肩头顶着六尺长短篙，在船板上一步一步打“滴篙”爬行，使船慢慢上行的辛苦酸凄的喊号子声。内中不断有时隐时显，时轻时重的沅水流域麻阳佬放下水船摇橹号子快乐急促声音，和酉水流域上行船特别辛苦，船夫之一在舱板上打“滴篙”，充满辛苦的缓慢沉重号子声相间运用，形成的效果，比任何具体歌词还好听得多。此外则在平潭静寂的环境下，两山夹岸，三种不同劳动号子，相互交叠形成的音乐效果，如运用得法，将比任何高级音乐还更动人。